北岸的人生

刘建军／著

安徽师范大学出版社

·芜湖·

策划编辑:王一澜

责任编辑:盛　夏

装帧设计:张德宝

图书在版编目(CIP)数据

北岸的人生 / 刘建军著.—芜湖:安徽师范大学出版社,2017.1

ISBN 978-7-5676-2681-2

Ⅰ.①北… Ⅱ.①刘… Ⅲ.①散文集–中国–当代 Ⅳ.①I267

中国版本图书馆 CIP 数据核字(2016)第253688号

BEIAN DE RENSHENG

北 岸 的 人 生

刘建军　著

出版发行:安徽师范大学出版社

　　　　　芜湖市九华南路189号安徽师范大学花津校区　　邮政编码:241002

网　　址:http://www.ahnupress.com/

发 行 部:0553-3883578　5910327　5910310(传真) E-mail:asdcbsfxb@126.com

印　　刷:虎彩印艺股份有限公司

版　　次:2017年1月第1版

印　　次:2017年1月第1次印刷

规　　格:710 mm×1000 mm　　1/16

印　　张:11

字　　数:130千

书　　号:ISBN 978-7-5676-2681-2

定　　价:34.80元

序

　　20世纪90年代中期，我开始在乡村从事小学教育工作。那时候的乡村，许多人经历着乡村与城市经济和文化的落差所带来的心灵纠结。他们不甘于平凡，却被现实重重束缚，"迷茫"成为这个群体的精神特征。

　　从事小学教育工作的大部分时间，我在长江北岸度过。我在繁忙而艰难的生活中自学，企图突破由于知识背景、心理因素和环境状况共同影响形成的"茧"。与当年一起返乡工作的同龄人相比，我经历了更长的迷茫时期，在理想与现实的巨大反差中焦虑、纠结，并不断与绝望抗争，继而深深地反省，开始重新设定理想。进入21世纪后，我实现了生存状态的改变，进入高校攻读硕士学位。在经历了深刻的痛苦后，人们才会迎来心灵的解放，我也不例外。我获得了比过去更高的高度和更宽广的视野，以此观照周围的社会，思考人生的一些问题。

　　在最迷茫的时候，我开始写散文。我期待自己在写作中能整理思想，升华情感，从而获得力量。2012年后，因为生存状态的改变，我开始记录自己在困难中奋斗的过程。这时的我不再迷茫，而是多了一些冷静，更多的是心灵的窗户照进阳光的欣喜。我主要以自身经历为线索，记录和陈述我和身边的人在长江北岸乡村的生活。这里没有宏阔的社会场景，只有从文化层面对人们生存状态的描绘，包括文化环境和思想观念。尽管是局部生活的记录和陈述，却透露出我为改变现状作出的尝试、为获得情理平衡作出的努力、对地域文化某些方面的呈现、对自身和他人生存状态的反思，以及个体建设理想生命状态这一过程的心声和构想。也许，由于本书的出现，为人们观照整个长江北岸乡村生活打开了一扇窗户，至少它可能使在那里劳动和生活的人们得到关注，为他们争取基于心灵解放的幸福生活提供有益的建议。

刘建军

二〇一六年五月十八日

目　录

迷茫的追求

艰难的拯救

迷茫的追求

不
曾
改
悔

　　听说蝉要在地下沉睡几年甚至十几年才会获得新生。黑暗的岁
月里，它苦苦坚持着不变的信念，丝毫不曾改悔，因为它知道，一
旦改悔意味着永世不见光明。

　　人生在世便是要朝着幸福不倦地跋涉，而人们的一次改悔，是
否意味着又多了一重苦难？

　　当年我和许诚一起读初中。每天清晨，我早早起床，走过一片
广漠的田野便到了他家，我大声喊他的名字。此时，他往往还没有
起床，听见我的喊声便马上爬起来，飞快地刷牙洗脸，然后我们一
起去学校早读。当年他爱睡觉，也爱玩。我经常在放学后路过他
家，进去坐坐，喝他家的茶水，有时吃他家的锅巴，这都是很愉快
的事情。他家很穷，是土房，但他很大方，常常把自己爱吃的锅巴
留给我吃。

　　他的成绩很好，深得老师喜爱。不知道是什么原因，他中考失
败了，仅达上普高分数线，这令大家很是意外。然而他也没有过多
解释，因为他怕那些熟人的议论。至于议论些什么，我不知道，大
概只有他心里清楚。

　　第二年，他选择了复读。在"黑暗"的补课岁月里，他甚至不

出门，怕听见别人的嘲讽。他坚持着理想和信念，没有改悔。因为他知道在追求理想的艰难道路上，每一次改悔都会多走一次弯路，都会多一重苦难。

后来，他终于考上了重点高中。

转眼临近高考，我去看他。那时，他正在自己的书房里苦苦钻研。他的书房独立成间，没有来自家人或者外人的干扰。他在书房里读书入了神，直至我喊了好几声才听见。我走进他的书房，看见了满屋的书，墙上有木头搭建的一个小阁子，上面也堆满了复习资料。他一副稳操胜券的样子，默默且快速地翻书。这便是他高考前我们见的最后一面。再后来便得到他被高校录取的消息。

他现在在上海某名企工作，我们已经很久没有见面了。上次遇见他哥哥，得知他一年仅回家一次，我陷入了深深的回忆……

就如蝉的新生，他终于从挫折中走了出来。

姜育恒的伤感歌声仿佛还在当年唐岗小学我的宿舍里回响不绝。是他告诉我，不要带着伤感的情绪去奋斗，那样只会带来失意和沉沦。

灯光

　　梦境中，阁楼里还闪烁着当年昏黄的灯光。围墙上，落下的霞光仿佛还能让当年的心情重新萌发。小河还是清汪汪，在静静流淌。我已经多年不去了，阁楼还在？围墙未倒？小河依然清澈？许多事物都隐入了乡村的历史深处，是否它们也被岁月不息的长河当成了几块碎片冲走？

　　都会消失，唯有希望的光亮不会消失，它正在梦境中不停地闪烁。经常，在夜半醒来，因为有一种浓重的心绪久久萦绕心间，有深深的激动和焦虑。时光还早，一切尚有希望。曾经以为，在漫漫征程中策马扬鞭才是男儿本色，在归来的路上才可以寻寻往日踪迹。也许老了，正可以在岁月斑斓的光与影里回首或者感叹。那种心情里也许有悔，因为迟迟的到达，或者因为面对艰难征程的深深犹豫。

　　可是那些年没有任何犹豫。希望之光照得我心头敞亮，没有丝毫尘埃使心灵蒙垢。一切美好的事物都能令我怦然心动，久久不能自已。阁楼里彻夜不灭的灯光和围墙上的霞光时常令我向往远方的原野和繁华的街市，以及在霞光中展示着无穷魅力的所有事物。

　　一切美好的事物永存心底，只有这样，才不会辜负我的青春。

那岁月因为梦想，因为天真，因为勇气，而永远烙上自己的颜色。淡淡的，青青的，但愿这就是我那青春留下的颜色，就如清风明月、碧宇绿野。

但当年的美好事物在我心中正悄悄变化。曾经以为在都市里会拥有无比的幸福，如今走在五彩斑斓的都市街道上，我已经失去了当年幸福的心情。那些年，我在都市梦中用一种迷惘的眼神打量着泥泞的小路，如今单一的都市风景已经使我感到视觉疲劳。坐在豪华餐厅的玻璃门内，在我眼睛的余光中满是匆匆来去的灯影、人影，我已经无法感到激动了。

当年的希望，在我心底又一次掀起波澜。我重新回味那些年的梦想，有天真，也有勇气。都市梦醒，也许应该找到自己的位置。就在这里吧！

梦回阁楼，那彻夜不息的灯光在闪烁。灯下埋头读书的人，心中充溢着希望。多年不曾走近阁楼，也许已经了无踪迹，也许已经物是人非，也许已经空空荡荡。但是，邻居们不会忘记，曾经有一个朝气蓬勃的青年在这里亮起灯光。

阁楼里的世界宽阔辽远，可以神思远方，可以因为真情而感动，可以悄悄描绘一下未来的图景，可以读书。当年从阁楼带出来的书还尘封在角落，不曾捡起拂去灰尘。多才多情的品性让人难忘，多姿多彩的人生也许最浪漫，苦难悲伤的岁月但愿会有尽头。那位著名的诗人从康桥上走过，留下了美妙的诗行。也许，康桥上彻夜不息的灯光，正是他心中的希望之光。而我，从阁楼里走出来，告别了那个小小的地方，行囊里还有些尚未读完的书本，阁楼里从此不再有彻夜不息的灯光。走出这个大门，以为走出了狭窄的空间，可以领略广阔的人生风景，但一切却不如所料，这更加使我怀念当年阁楼里的岁月，那充满激情的一段时光。

　　阁楼里彻夜不息的灯光又亮在我的心头，使心灵在冷酷的风中摆脱沮丧。

回忆爷爷

五月的风吹来了野外升腾的烟雾，蝴蝶在小花上短暂停留又很快飞走，还有草丛里跳跃飞腾着少年抓不住的麻雀，喜欢怀念的人会静静地享受这独处的时光。

在这样美好的田园里，我幸福了好多年。看露天电影彻夜不归，油灯下读书通宵达旦，炒熟的蚕豆放进嘴里发出清脆的声响，拣麦穗的队伍天刚蒙蒙亮便出发……这些少年热爱的事物平淡而幸福地伴随我走到了20世纪90年代。

就在那个年代，那个曾经爱用胡子扎我脸，把最好吃的绿豆糕留给我，在桌子上架一把椅子，把我扶上去，问"三姨太正不正"，深夜划着小船送我去医院的老人走了。我的美好愿望——爱我的人永远给我爱——已经彻底落空。我常常会在梦里喊着爷爷——他还活着，可是醒来后，留给我的只是枕边的泪水和无限惆怅。

有爷爷的日子，我幸福无边。他走了，那重重的节奏感极强的脚步声不会再在家门口响起，再也闻不到熟悉而亲切的香烟的气味，这些年里我一直在想，坚强些，只有胜利，才会安慰天堂里关注着我的那个老人。儿时，他会用双手托起我关注我笑的表情，关注我的一举一动。我知道，爷爷希望他的愿望成为现实——他的大孙子能成才，可以让他的大家庭后继有人。

爷爷回家，我老远地跑过去，他会弯腰抱起我，塞给我一块高粱饴，盯着我看半天。我咬着黏黏的糖果，甜滋滋地笑了，白嫩的脸上有殷红的腮印。爷爷会激动地用胡子扎我的脸，眼睛湿润润的。我问爷爷："你怎么哭了？"我不知道这是幸福的泪水。

一个在幸福来临之时流泪的人，往往有非常苦难的过去。爷爷的童年在战争岁月中度过。少年的爷爷会用一整天时间去河里捕鱼，而多灾多难的年月，哪里有鱼？一根稻草绳和一件棉袄就成了他分家时的全部家当。后来，爷爷参加了革命工作，风里来雨里去，成为了人们敬重爱戴的好书记。在田间地头经常有爷爷的身影出现，他会用两根手指夹着用玉米须做成的香烟，协调村民们的生产活动；他会在村民会议上决定村民的集体事务；他会喊我的乳名叫我去请一位长辈来做客，或者叫我去称一斤白肉。我知道爷爷是在锻炼我，让我从小参加社交活动，做一个懂事、积极健康的孩子。

可是命运又是这么不公平。在战争年代经历了那么多我无法想象的苦难后，爷爷的幸福生活还是没有到来。叔叔高考落榜，陷入痛苦之中，离家在外。奶奶一想起来便泪流满面，天天在家哭喊叔叔的名字，爷爷焦虑着也痛苦着。我清晰地记得，我用手抹去爷爷的泪水时，他盯着我的那种神情。

那年五月，田野里依然有袅袅的烟雾升起，鹧鸪在半空中发出熟悉的叫声，依然有麻雀在草丛里跳跃。我从学校回来，感觉家里有种不同寻常的气氛。爷爷病了，很快住进了医院。我见到了病床上的爷爷，进门时我故作坚强，可是看到爷爷昔日红润慈祥的脸变得如此苍白，我忍不住了，泪水涌了出来。爷爷说不出话，我更伤心，昏沉沉地在床边睡了过去。当我抬起头来，他正用一种少有的眼神盯着我，我知道这眼神里有什么样的含义。

　　爷爷病重期间，人们络绎不绝地来看他，补品堆满了他的床头。我很欣慰爷爷得到了人们的爱戴，可是爷爷能康复只能成为我的幻想，我需要的爱在不久以后消失得无影无踪。我扶着动过大手术的爷爷去检查，坚强的老人一步一步走着，身上的剧痛可想而知，可是我看不到他一丝一毫痛苦的表情。他平静地躺在床上，他在看着我，还在看着我，我趴在床边睡了一会儿，醒了，猛然发现爷爷的眼睛湿润润的，眼角还有泪水在流淌。

　　当年十一月，爷爷永远和我们分别了。

　　那年我遇到了很大的挫折！一个人走在路上，天下起大雨，我有一种感觉，这雨水是天堂里爷爷的泪水，那双曾经常常关注我笑的表情、关注我欢跃的身影的眼睛又一次饱含了泪水，他再也控制不住了。

夜幕中，在常州

　　我下午从芜湖乘火车出发，一路向东，朝着常州方向前进。车厢内乘客稀少，无论是柔软的座位还是动听的音乐，都让我感到轻松愉快。对面的女孩正将她的那个大包袱吃力地往行李架上放。我很随意地看着窗外空旷的原野。当列车经过市区时，公路边的行人、车辆在栏杆后等候我们通过。渐近常州，天空也渐渐变得昏暗。路旁高高的柱子上亮起了昏黄的灯光，远处有几处农舍也依稀闪烁着亮光，夜幕已经降临。

　　我正专注地听着歌曲，觉得整洁而安静的车厢里气氛很温馨。因为我要去见已经久久未见的叔叔，我亲切和蔼的叔叔在这座城市的一所学校工作。忽然，我听到列车员用悦耳动听的声音告诉我们，常州站即将到达，请下车的乘客做好准备。我起身，看见了车窗外的整个城市已经灯火辉煌，高楼上闪烁的霓虹甚是美丽，奔流不息的车灯汇成了灯光的河流。在我看来，这座城市整洁而漂亮，在夜光的映衬下，尤其显得高贵而典雅，像一位穿着晚礼服的贵妇人一样引人注目。

　　车一停稳，我走出车门，打了一个寒噤。这是因为初春的常州之夜还有些许寒意，还是因为车厢里空调带来的温暖已经不再起作用？有风吹来，我拉起皮衣的拉链，随着人流快步穿过站台，上了一辆出租车。再从车窗看这城市，商场里影影绰绰的是购物的人，还不容我细看一眼，车子已经穿过繁华的商业区，将那些都市里的夜行人丢在我的脑后。离开繁华喧闹的城市中心，拐了一个弯，车到了目的地。我见到了叔叔，他一脸的惊喜，随后赶紧把我领到他家。他炖了许多排骨，喊来一个朋友，和我们一起喝酒。他一块一块地不断把排骨夹到我碗里。很久不见，叔叔还是那么热情开朗。从出发之际的迫切向往到见面的亲切对视，其间仅相隔几个小时。

吃完晚饭，叔叔提议我们出去走走。我们一起来到学校附近的歌厅，点了几首歌，叔叔唱了一首，虽然是一首并不伤感的歌曲，可是我还是听出歌声中略带忧伤，他的嗓音稍微沙哑。那是因为他的乡情很重，他思念亲人，还有他对前程的担忧吗？我们从歌厅出来，浓浓的夜色弥漫在四周。叔叔紧紧地拉着我的手，我也紧紧地抓住他的手。我们穿过马路，回到了学校。校园昏黄的路灯下，我们一起散步。他问起奶奶的身体状况，以及家人的状况，我说大家都好。

在这个夜幕浓重的常州城的一个温暖的角落，我和叔叔共话家常，一直到深夜我疲倦地睡去。

仿佛只有永远的滞留

　　一个人在车站，眼光掠过等车的或者接站的人们充满焦虑或者期待的表情，我心静如水，思绪却疾步如飞。我联想到，在动乱的年代，车站上有的只是离人泪。战火纷飞的年月，列车不知道会驶往何方，人们的心中是更浓更重的焦虑和惊慌，即使是站台上片刻的停留，也是度日如年，心急如焚。在我的脑海里，经常会有那年月的生活留下的痕迹在闪烁，这是因为他们在我很小的时候经常跟我谈起那年月的那些事。祖辈们是多么渴望安定，可那样的等待又是那么漫长，仿佛看不到尽头。如果那最后一趟开往安全地带的列车已经出发，我的祖辈没能搭上那班车，那么，就只能永远地留下来，通向平安的大门也就随之关上。

　　这只是我在车站的一些怀想。前几天我来到这个美丽的城市，现在我要从这里回去。这是个温馨的城市，色彩斑斓的城市，充满激情的城市，在我看来仿佛是天堂，是能让一个人深感幸福的地方。但我将要回去，回到那个山野的某个角落，整天面对窗外起伏的丘陵上纵横的电线，想一些诸如出去闯荡一番的念头。其实我曾经有过一次机会。那是1998年的夏季，我获得了一个出去读书的机会，可是因为受到了阻挠而半途而废，至今想起仍然追悔莫及。我得回去，在我简陋的书房里继续做一些远走高飞的梦。尖利的汽笛声响起，列车开始离开这个我心中天堂般的城市。我心中的失落感越来越浓，像眼前经久不开的天幕，灰暗而沉重。

列车渐渐接近那个角落，我的失落感也渐渐加重。回去，我担心那仿佛是永远的滞留，我终究冲不出这一片天地。那幸福的大门不知道会在何处洞开？我找不到通向那扇大门的道路。或者通向幸福大门的道路很崎岖很坎坷，我望而却步。我只能眼看着一个个精英般的人物叩开那扇大门，而流露出羡慕的眼光。当年我的祖辈千里迢迢赶到那个车站，想搭上那辆开往安全地带的最后一班列车，寻找一条通向平安的道路，其艰辛也许只有他们自己知道！他们沿途也许饥肠辘辘，也许衣不蔽体，可还是朝着前方不息地奔波。我心头生出一些惭愧。如果祖辈千里迢迢，拖着无比疲倦的双腿来到车站，最后一班列车汽笛已经响过，正拖着长长的浓烟驶出车站，仅仅留下"哐哐"的车轮撞击铁轨的声音，我的祖辈该会用什么样的眼光看着车窗里攒动的人群？我想绝对不会是羡慕，而是握紧了拳头，咬紧了牙关，看一眼最后一节车厢在浓烟中留下的模糊的影子，毅然转身，心中已经为坚强地生存下去做好了一切准备。

我错过了1998年的那次机遇。那通向幸福大门的道路被我找到了，我却与幸福擦肩而过。待到回首时，此地已非彼地，幸福已经不可能还在这里重现。从怅然若失到迷惘，再到痛心疾首，都是挽回不了的。

播音员用清脆悦耳的声音告诉我们，列车已经到站。站台上的纷纷攘攘渐渐被我甩到脑后，我又回到了这个城市，马上就要赶到那个山野的某个角落，在那里还得度过多少个春秋，我不知道。仿佛只有永远的滞留。

一次擦肩而过

有一种声音在脑海里响起：

"你不能再在过去的阴影里沉迷，当所有的痛都凝聚起来，向你袭来，这样更好，你才能在巨大的痛苦中彻底清醒、彻底坚强起来。因为你本不是一个弱者。"

我本坚强。可是是什么让十四岁的我变得那般脆弱？如今，我努力地站了起来。为了重新找回过去的精神，我想到了脱产进修，去读书。

我参加了成人高考，被某教育学院录取了。我先后去学校看了两次，这是我人生经历中一次刻骨铭心的擦肩而过。

第一次，我去学校了解情况，找当时在安徽师范大学读书的同学陪我去看学校。学校规模不大，我向该校的几位学生了解他们眼中的学校，他们的说法让我失望。于是我动摇了，第二天就回去了。

第二次，因为我所处的恶劣环境又让我烦心不已，于是我又一次去了这所教育学院，这一次我很想就留下来读书了。在院长那里，我苦苦央求，可是那位院长一直沉默，一言未发。可能因为我迟迟没有报到，学籍已经被取消了，于是我失望而归。

就这样，我与这所教育学院擦肩而过。

　　这次经历是我一生中永远的痛。人生中会留下多少痛彻心扉的往事？许多痛似乎可以忘却，都能痊愈，唯有这样的痛永远无法愈合。

　　我想，记住它才能在未来的人生道路上少犯这样的错误。尽管它已经产生了不可弥补的影响。

　　我必须向前看，因为未来还很漫长。也许，没有无痛的人生；也许，我注定要接受千锤百炼。十八年时光逝去，我痛悔其间没有把握住这次机会，让青春在迷惘中悄悄流逝。当青春的容颜渐渐老去，心灵上明丽的阳光是否也会褪色？不，心灵永远不老，永远可以沐浴明丽的阳光，尤其是，当理想的旗帜在高高飘扬的时候！

　　风雨飘摇中，客渡船缓缓地向对岸靠近，多少次就这样穿越长江。面对风雨的世界，滚滚浪涛向船涌来。我夹在来来往往的人群中，看到一张张满是焦虑或者充满希望的脸。他们拎着大包小包的行李，去远方谋生或者去读书。吵闹的船舱里，烟雾缭绕。我很不习惯这样的环境，只好打开一扇窗，面对风雨，呼吸新鲜空气。

　　风夹着雨水袭来，真有一种风雨飘摇的感觉。人生在某种时刻也会这样。如果是长久的飘摇，身心的确要有很大的韧性。历史上动荡的岁月里，总是有令人同情的沉沦。石评梅"沉沦在苦忆中"，坚强的臂膀担不起沉重的隔世的思念，她早早地走了，她终于可以和爱人永远地长眠在一处了，不用再在风雨飘摇的岁月里让身心经受莫大的苦痛。他们相拥在一起的雕像，正是他们生前渴望的永恒。正可谓：绝世的爱情，大气的人生。

　　坚强的人心灵上的伤痕是时代烙上的印，它痛在后来者的心中。

　　在经历了岁月的河流淘洗之后，只留下真的理想。我却又开始担心，那真的理想会因为身心的韧性不够而消泯。我经常对着面前的书沉思，寻找那些伟大的人物精神上的可贵之处。可是在嘈杂的环境里，我难以静下心来，心绪会因为许多眼前的事物、现象而变得纷乱。

孤身一人穿过熙熙攘攘的人群，不知道在茫茫人海中是我疏离了他们还是他们疏离了我，许多身边的事物我都无法去热爱。有人说："你是那个地方的人，怎能不适应那个地方？"我真的好想离开那个地方，去开始一段长久的旅行。因为那乡野冷酷的风时时都会带走心灵里刚刚升起的一点温度，我是一个不喜欢冷酷的人。真诚的感情啊，它却找不到知音，只能换来一些失落。

记得多年前我的日记里面有一句话："除了爱之外，还有什么？那就是追求，而不是所谓事业。"现在，我又一次这样说。在早春时光，依然有些寒气，是否因为季节变化时的一种本能反应，还是因为我已经彻底放弃了那所谓的事业？什么也没有，这似乎不要紧，但不能没有追求。我因此发现，在希望与失望之间，不能作长久的徘徊，因为那是沉沦的前奏。

"凌寒独自开"，"一任群芳妒"，梅花的品性如此高洁。它拒绝一丝一毫的妥协，哪怕孑然一身，形影相吊。可是在独处中，我感觉到了空虚和失去重心。就如航船在巨大的风浪中前行，舵手感到些许紧张一样，这紧张来自脆弱的心弦。可是必须前进，就如人生，不再前进，就意味着后退。

现在，并非严寒。早晨迎风前行的人们有着勃勃生机。去年的冬天里我不会躲在温室里睡觉，我不怕寒冷的风霜。可是这个早春，我怎么突然又产生了一些忧郁？是因为眼前的孤舟在风雨中飘摇，才令我暂时失去了心头上的自信？时髦的语言随处可以听到，习以为常的阿谀奉承也可以收到很可观的成效，这些都是别人的事，和我又有什么关系？可这仿佛是可以传染的，我担心有一天我也会产生出诸如此类的念头。

　　我不习惯这样的空气和这样的旅程，所以走出船舱。站在甲板上的栏杆边，我看见雨势渐小，然而风还是很大。远处有几艘轮船在风浪中颠簸，像一个个黑点渐渐消失在水平面的尽头。他们的"人生"在风雨飘摇中度过，我的"长久的旅行"是否会和他们一样，在风雨中飘摇不定，终究找不到归宿？

一、最后的单身一族

一棵开满粉白色小花的小树在窗前静静地陪伴着他。那仿佛少女般稚嫩、青涩的花儿已经有片片花瓣零落，仿佛预示着它们只能陪伴他一段时间，而不会是永久的伴侣。就如一个人的少年时光，在无数个日出日落中被疏忽，后来一下子被察觉。

这时，许多同龄人开始了他们青涩而热烈的爱情。

也许，他想那个最初令他动心的女孩最美，那个穿紫色衣服的女孩最美，那个在操场上打羽毛球的女孩最美，那个不愿意送照片给他不轻易让他吻一下的女孩最美。他曾经用诗歌来感动她：

"多想你

成一条小溪

今夜

寄去我的一轮明月

……"

他的心中存有许多疑念：

那次迎面走来，一刹那眼光相撞之后她是否真的心波荡漾呢？

不记得那个谁都不舍得吃的橘子推来推去最后是谁吃了呢？

那个秋夜，校园橘黄的灯光下，她的手很快地从他的手心抽出，她是否会感到寒冷呢？

那个彻夜不眠的夜晚她是否跟他一样锥心地痛着呢？

她是否会常常拿出那面铜色边框的镜子，想起1995年的元旦，然后沉默着走到窗前，没有心思再做眼前的事呢？

这些都不曾在他心底里渐渐淡去，还会常常在梦境中闪烁。

21世纪的幸福降临在许多同龄人的头上，他们一对对结伴走在宽阔繁华的街市上，平静的表情里深含着幸福的情愫。

知道杜鹃花儿又开了，他独自去当年和她相约过的那个山村的路口，捧着一束束山野的杜鹃，寻找着那年那月欢快的足迹。

他决定每年如此，到老也不会放弃这样的行动。一个被怀念占满头脑的人是多么不现实，仿佛整个世界就剩下他一个人没有改变一样。

二、永远的理想主义者

梦想仿佛在心灵中飘忽不定地游移，就如烛光在风中摇曳。

在攻克理想堡垒的过程中，他一次次冲刺，都因为力量不足而退却下来。而他的心中却亮着一盏灯，在冷酷的风中升起了一点温度，在黑暗的夜晚照亮前行的路途。仿佛冬天的梅花在严寒中独自开放，冰天雪地里只有它独自守望着整个世界。

然而，在他的梦里会有一些破碎的影片：

古板、冷漠的表情在眼前晃来晃去，令人打了个寒噤；

黑暗的夜晚，风刮过旷野发出的啸叫声令人不寒而栗；

枯黄的树叶和一种古怪的鸟叫声布满了整个秋天的山野；

…………

他把这些梦的影子都撕碎，都忘掉，只是在自己的天地里构筑理想的王国，那里只有温馨和谐和梦寐以求的浪漫。

他坚守在这里。在人们纷纷去逛街、做游戏的时候，他独自去看油菜花弥漫山野，听山上的鞭炮声在人们对亲人的缅怀中此起彼伏。他在心中时常唱着歌，面对冷酷给自己一些温度。

他努力地爱着身边的事物，用一种巧妙的方式来思考它们。理想王国里有着神奇的精神养料：身边的一条河流可以带给他青春的美妙幻想，河岸上的林荫小道上年轻人正在载歌载舞，远处连绵起伏的丘陵和澄碧的天宇构成了一幅明丽的图画……

他时常站在窗前凝望远方，在他的身后是一片喧嚣，唯有这里平静恬淡。

这时，他悄悄改变了目标，一个适合自己的方向。他多么期待向理想的又一次冲刺会取得成功。

回

来

"快回来，把我的思念带回来。也许心中有痛，所以在漫漫长路上，在梦里会眼含有泪。别再痛和伤，快把前途看清，越过崇山峻岭就是平原。"一个人站在船舷上想着这样的句子，静静地眺望着远处闪烁的灯光。这里刚刚平静下来，在江水肆虐的时候，人们拥上几条大船准备转移，不得不暂时丢下这里的一切，去寻找一个安全的地方。

荒凉的气息随着七月的热气蒸腾，安静祥和的心境被警戒的锣鼓敲碎，听不到读书声，看不到牛羊成群。七月以后，雨水渐渐稀少，潮水渐渐退去，大船又载着曾经离去的人们回来了。天空晴朗，船舷上溅起洁白的浪花。涛声阵阵，忽然岸边的青草丛中飞起一只巨大的水鸟，又有几只小鸟欢快地叫着，追逐着浪花。有渔舟摇曳而过，渔民撒网收网，刚捕捞上来的鱼虾在小小的船舱里跳个不停。

终于，在仓促离去几个月之后，人们又回来了。看到一切如旧，他们的心灵不再荒凉。小洲上闪烁的几盏灯光驱散了乡村上空的黑暗。

村庄不再孤独无依，季节流转，田野又散发出芬芳的气息。雪如约而至，飘飘扬扬，覆盖村庄。这时刻，孩子正依偎在母亲的臂弯，母亲正在轻轻地哼着一首歌：

"潮涨潮落，

我们在沙滩上追逐跳跃。

牵引我目光的你的身影，

无法忘却。

当幼稚的念头不再萌发的时刻，

时光已经流逝多年，

又重新去求索。"

腊月底，人们又团圆了，一杯酒温暖了归来的心情。也许还没有忘却，也许还有痛和伤，都别再纠缠，只要看清未来的方向。

心
急
如
焚

少年不知愁滋味，有的只是喧哗和篝火旁彻夜的歌舞。宴席聚聚散散，空虚的广场上仅留下些什么？靡靡之音的回声和一些浅薄的表白？多年之后，飘逸的黑发白了，黑亮的眼眸变得暗淡，飒爽的身姿蹒跚起来，回首的人是否会猛然意识到青春已经永远流逝？

凌晨的钟声已经敲响，我披衣起床，想起这样的句子："时光已经流逝，不归路上，无法回头。"

那年那个错误的选择是我十年中最大的损失。如果那年我果断地坚持走下去，那么今天一定不是这样的局面。蹉跎的那些年月使多少人回首心惊！因为蹉跎的不仅是岁月，还有心灵，还有理想的延迟实现。那些年月多少人心急如焚，却无法走出去。陷得太深，自拔就极其艰难。一个在误区徘徊的人，他永远感受不到天地那广阔的胸怀和燃烧的激情。

十年蹉跎，没有耕耘的田园已经一片荒芜，没有擦洗的战戟已经锈迹斑斑，书房里已经狼藉一片。错失了时光，生命就会黯然失色。

当我从迷惑中醒来，心灵悸痛，彻夜难眠。寒意袭来，人们还在梦乡，我已经感受到出发之际的紧张。仿佛站在远行的渡口，我已经不再等待，前进的汽笛已经急促响起，刻不容缓！

告别吧！篝火旁彻夜的歌舞！

告别吧！空虚的广场！

走过二〇〇七

一、在合肥遇到一个人

2007年5月，为了参加某次考试，我请假去合肥参加考前培训，有机会在合肥住了10天。我得以离开这儿，有一次短暂的出行，我觉得这是千载难逢的机会。我多么想出去呀！我在1998年放弃了某教育学院的读书机会后，"再读书"成了我梦寐以求的愿望。

事实上，我感受到了一种全新的、充满了活力和朝气的氛围。心头的希望之光本来奄奄一息，如今遇到了这样的环境，便又激烈地燃烧起来。因此，过去的许多困惑、迷惘，甚至绝望都迅速地消失了。我得以沉思，得以冷静地、清醒地反思过去种种失意的根源。

在这种心境下，我遇到了一个同学。他个子不高，却有一双睿智的眼睛，因此给人一种很精明的感觉。

我们谈起各自的经历。

他谈了对一些问题的看法。

"如果一个人喜欢依靠别人，那他注定要陷入怨天尤人的怪圈，而最终会失败。"

"如果一个人学习目标的功利性太强，那么很容易半途而废，进而会失去信心，一事无成。"

"学习目标的选择，就像挖井，浅尝辄止或者耐心不够都会事倍功半，延误时机。"

可是，太多的光阴虚掷，恍惚间已经有十四年。

二、考场里走进一位老人

为了平复心情，我劝自己不要把结果看得太重要。两场考试结束，我如释重负地从考场走出来。

我没有把结果看得很重，因为我深知努力还不够。我能走进这样的考场，就表明了我没有消沉堕落，没有浑浑噩噩虚掷光阴，我在探索自己的路。

想起从前的岁月，我尽管努力，却有些缺乏自信，因此失去了许多机会。这样的考试，也许能增强我的自信心。曾经听一位老师说过"某某人毁了一大半"。其实，他的观点是静止的，也是站不住脚的。但是从这句话里，我听出了一个信息：如果消沉堕落、浑浑噩噩度日，并且没有自知力，也就是"毁了一大半"。那天我还看见一位老人走进了考场。

如果，探索发展之路屡屡遭遇失败，那么，就得在黑暗中摸索一阵子了。就如那位老人，她年轻时候也许是在黑暗中探索了太久太久，才会在今天步履蹒跚地走进考场，来圆年少时的梦。我的目光随着这位老人走进考场，心头一阵悸痛。年少时太多的挫折坎坷——那不平的人生之路上，读书的愿望她如今才如愿以偿？还是太多的虚掷光阴——在懈怠中、在迷惘中消耗了太长太长的青春？

我想：如果若干年后我老了，仍然维持现状，那么我该是多么不幸！当我步履蹒跚地走进考场，首先回忆起的应该是蹉跎岁月中那么多的迷惘、困惑、痛悔……是它们蚕食了本该明朗的、朝气蓬勃的青春心灵。然后，便是泪流满面，无法自已。

我得避免这样的情况出现。因此，我必须读书学习，必须结交高尚的朋友，必须经常地自省，让迷惘、困惑、痛悔都在本该明朗、朝气蓬勃的心灵中永远消失，无影无踪。

三、我能找到改变命运的道路

这次探索虽然耗费了一两年的光阴，但是它告诉我该怎样选择发展的方向，不要再迟疑，不要再耽搁，马上调整目标，我相信自己能找到一条改变命运的道路。

长期的学习经历告诉我，太急躁往往会适得其反，延误时机。为什么理想迟迟不能实现？我深深知道其中的原因。

老师的谆谆话语还回响在耳边："学习上，不应该存在功利心理。还是要潜下心来，坚持寒窗十年才能成事，其间的清苦要能承受得住。"

并没相遇

　　仿佛是你，从校园里走出来。我站在铁门边的台阶上，往上走一步却顿住，从玻璃窗的反光看，仿佛是你。擦肩而过中有一种久违的心情，不知你当时是什么样的心境？听说有沧海桑田的爱情，千年不变。沧海变桑田，数不清的轮回，无穷尽的变化，流不尽的泪水，世世相传的主题。一颗心即使曾经滴血般疼痛，也没有向谁诉说过苦楚。走过去了，有些疑惑，也不回头，虽然近在咫尺，却如远隔天涯。

　　仿佛是你，站在路口，匆匆穿过马路。我在车上一回头，看见你焦虑的神色。几年过去，离约定的时刻还有多久？那焦虑的眼神仿佛在问：这么多年来，你究竟干了些什么？无法回答的问题，无法召唤那即将离去的背影。当年约定，理想实现之时，即是相见之日。那时刻早已到达，相见的约定却遥遥无期。

　　仿佛是你，在公园里一个人走，一边是成双结队的游人，在树荫下窃窃私语，一边是你，一个人走。有风拂面而来，吹起长发，已不见当年容颜。荷塘已渐渐干枯，夏日的润泽已经随着秋风的吹拂而逝去。仅留下些什么？一种经过雨打风吹仍然坚守的意志。

　　仿佛是你，我不去召唤那即将离去的背影，就在这并不陌生的城市。十年前，眼睁睁看着你离去，十年后盼望着你从这里走来。十年前，你从这里坚决果断走向未来。阳光明媚，绿叶红花点缀的路上，你满怀希望。十年后，我心急如焚，彻夜不眠。蹉跎岁月中有无数次心灵的悸痛，探寻的路上，荆棘密布。心中默默呼喊，是否遗忘了那年月，忘怀了青春？失望的泪水滑落脸庞。恨啊！当年约定成空。困惑消极的愁绪如雾般笼罩。荒芜的思想田园里，仅剩下些什么？只是一些不堪回首的残枝枯叶和废弃的瓦砾。

站在船舷上看滔滔不息奔流的江水，让江水带去吧，曾经的蹉跎，废弃的历史的碎片！我已经有了我的航向，它指向远方，那跋涉的艰难是逆水而上。不能再迟迟到达，否则永远不能靠岸，过着漂泊不定的生涯。岸就在前方。仿佛是你，站在岸上，遥望远方的航船，任风雨侵蚀清秀的脸庞，任岁月剥去红妆。

转身以后都是陌生面孔

在熟悉的街头，匆匆穿过熙熙攘攘的人群，我忽然忆起，当年脚步匆匆地走过这同一条街道。我和同学们结伴而行，一起去书店买书，看电影，然后坐公交车回来。很多时候，周围都是我们的同校学友。我们早晨出发，一路说说笑笑，在橘黄的路灯亮起的时候，我们三三两两回到宿舍。经常有好友在背后喊我的名字，我会十分愉快地回头，回应着喊他的名字。有时高兴了，冬天去学校附近的小饭店吃热腾腾的火锅，偶尔也会喝点酒。

很多年过去了，我经常走在这条街道上。我不曾确定那些似曾相识的面孔就是曾经熟悉的同校学友；我不曾停留过久，去注视他们灿烂的笑容里蕴涵着的多年的幸福。我就那样默默地走着。我知道，一些人早已远走高飞，而另一些留下来的人也已经事业辉煌。我想起多年前写过的一句话："我应该像一匹马一样融进马群，奔进城市，然后披着一身辉煌或者一身灰尘，还是守着我那残破的书架，美妙的爱情？"一些人像一匹匹骏马，他们奔进了城市，而今已经是满身辉煌；另一些人正在享受着平淡从容的生活。如今，我没有奔进城市，也没有美妙的爱情，倒是残破的书架上堆满了还没有读完的书本。

怀念那些曾经相伴左右的熟悉的身影。校园里开满鲜花的小路上，我们在读书；操场上，我们在踢球，足球在草地上滚出一个个漂亮的圆弧；琴房里，一个个动听的音符传进我们的耳朵，那是我们的老师在指挥合唱；那是运动会上壮观的开幕式；那是元旦联欢会上激昂的诗歌朗诵……

我不曾再次走近那校园，因为我怕当我再次走近的时候，没有一个熟悉的面孔，我又会泪流满面。独自走在这熙熙攘攘的人群中，我的眼神可能有些忧郁。我再也不能听到一声温暖的询问：为什么你的眼里常含忧郁？因为，我对这世界爱得深沉。

就在这个城市，我常常回首，可是转身以后都是陌生面孔。

　　有一条河，就在身边日夜不息地流。堤上的林荫小道是我的天堂，我的许多幻想都在这里萌生。有月亮的夜晚，这里有许多青春飞扬的年轻人载歌载舞。那歌声伴着欢快的河水一起流淌，一直流向无穷的未来，永不停歇。有一对恋人手里捧着书在林荫小道上边走边谈，他们靠得很紧，也许一起描画着未来，也许一起讨论着一个重要的问题。淡淡的月光下，他们眼看着遥远的前方，仿佛在期待前面会出现梦幻般的美丽的生活图景。在经历了一天的劳动、工作或者学习之后，他们来到这里，带来一袋点心，坐在树底下，坐在河边的石头上，快乐地吃起来。夏夜的风吹来，篝火渐渐旺盛，随风摇曳。也许她还跳得不太熟练，他慢慢带动她的脚步，篝火映红他们俊秀的脸庞，裙裾飞扬，秀发在不停地飞舞。歌声响起，一群人一起唱着，他们的歌各种各样。

　　"有位年轻的姑娘，

　　送战士去打仗。

　　他们黑夜里告别，

　　在那台阶前。

　　透过淡淡的薄雾，

青年看见，

在那姑娘的窗前，

还闪烁着灯光。"

这歌声在月光中弥漫，在流水中荡漾，飘到遥远的前方。歌唱的人正在遥想，远方的一扇窗前，闪烁的灯光里，有一个人正在埋头读书，时而沉思良久，时而眉头微皱。她正在思念这里唱歌的人吗？一定是啊！不然，为什么她的眼角噙着泪花？

"不要问我从哪里来，

我的故乡在远方。

为什么流浪，

流浪远方，

流浪……"

也许在年轻的歌唱者的心灵里，离开故乡是一种别样的流浪，却不曾想起这个地方就是新的家乡。这里的每一条河流，每一座山岭，每一处森林，每一条小路，都渐渐熟识我们的脚步，我们怎会是孤独的流浪者呢？

这条河流滋润着两岸的土地，那里正生长着旺盛的庄稼和茂密的树林，经过两岸的野花和小草的点缀，仿佛天然的公园。夏天的河流像诗一样美丽，局部河段还有荷叶荷花点缀，粉红的荷花正散发出淡雅的香气。七月的稻谷金黄金黄的，人们挥汗如雨，劳累的人们会在河边捧起水洗洗脸。一切关于农民的心情和状态，这条河流尽收眼底。它曾经看见许多年前，身边田野里的稻谷枯黄干瘪，听到人们坐在地头的叹息；它曾经看见人们为了水源而争吵不息；它曾经经历过枯竭的痛楚，污秽的屈辱。现在两岸已经呈现出一片新的图景：它每天都能看见林荫小道上的篝火和舞蹈；它能看见劳动的人们在捆扎稻禾，挑着沉重的担子一路前行；它能看见新的禾苗又插到了肥沃的田里，整整齐齐，郁郁葱葱；它能听见拖拉机的声音在田间喧闹；它能看见人们的脸上露出了欢愉的笑容。清波荡漾的河流多么像是在发出快乐的笑声啊！

这里就是我们的家乡，为什么要说"流浪远方"？也许到了一个陌生的地方，这里就会成为我新的家乡。林荫小道上的篝火旁有我们舞蹈的身影，田野里有我们弯腰收割和插秧的汗水，田间小路上留下我们匆忙的足印。在淡淡的月光里我们翩翩起舞，我们放声歌唱，身边的河流在静静地聆听，仿佛也被青春的激情所感染，在月光里荡起微波。清澈的河啊，用一双永远不老的眼睛，欣赏着这里的飒爽英姿，欣赏着两岸的热闹和繁忙。在七月的骄阳下，我们体会着收获的喜悦，汗水如雨水般从脸颊上流过，劳动的艰辛随着金黄稻谷的渐渐堆高而消失得无影无踪。是啊，是她滋润了这片希望的土地，是她哺育了勤劳的人们，是她奉献了自己的青春和爱。

拂晓的雾霭在河流之上流连忘返。木槌捶打洗衣的石板发出清脆的响声，此起彼伏。这是清晨时分河流欣赏到的流畅的序曲吗？这序曲充满了情味，时而急促，时而舒缓，时而停顿片刻，时而稀落，时而密集，时而轻，时而重，就像一首跌宕起伏的乐曲，清脆悦耳，干净利落。没有噪音的污染，没有矫情的做作，没有繁杂的伴奏，如清凌凌的水从指间滑过，从飘逸的长发间滑落。

昨夜关于远方河流的梦，似乎还在思绪里萦绕。多年前看过的电影《拂晓的枪声》中，英姿飒爽的主人公在拂晓出发，顺着那条河流，向着火热的战场进发。小船载着他满腔豪情，一直向前，奔向远方。也许，多年后这条河流会迎接他的凯旋，那时的他会不会两鬓如霜？他会永远记得，这条河流是他的出发之地，记得当年两岸浓密的竹林里的静悄悄，记得踏上那条小船时的心情。这条河见证了他的离去和归来。

　　我从河流的晨昏里寻找梦中的天堂，我的一切关于前程的忧虑，都会随着河上的雾霭在光芒万丈的朝阳中渐渐消散。理想的小船还期待着我在整理行装之后登船出发，虽然时光已经流逝多年，但是并没有太迟太迟，我的行囊里将是满满的还没有读完的书本和没有写完的文字。

心碎破罡桥

　　这座小小的桥在一个偏远的山村，地图上找不到，更无法与长江大桥或风景点的桥相比，可是它在这一带却很有名气。这桥有多少年的历史，已经无法考证。但清楚的是，它是一种象征，"桥"是这个地方的代名词，意味着这里是联系内外的一个纽带。更加偏远的山村还在桥的那端向北的地方，走过桥向南，便渐渐接近城市。

　　桥并不美，也并不高大雄伟，甚至有些局促狭小。在桥上走过，心中产生不了美感。早市是桥那端的街道最热闹的时候，上街的绝大部分是老年人，卖菜的更是如此。为什么？因为年轻人都外出闯世界了，这里没有他们的发展空间。远处的繁华正吸引着一批批的年轻人，他们把这寂寥的家园交给老人守护。老人采摘地里的蔬菜上街卖了换来一些零花钱，他们会为一角钱和顾客争执，或者在小秤上做点文章。遇到这样的情况我总是不动声色，我知道他们在那样的情境中的心态，即使会有人认为你傻。

　　从这座桥上走过，人们仿佛没有任何表情。整天的劳作使人们身心疲惫，也许匆匆去买点米或者油盐，也许去哪家串串门，人们都好像忽略了它的存在。

十三年前我来到这里。十三年来，桥还是那样没有丝毫变化。岁月磨损不了它，人们也不曾去改造它，它就那样本色而孤独，耐得住寂寞。

周末，人们挤上中巴，跨过窄窄的破罡桥，一路向南，再转向西，经过两个小时的行程，才能到达繁华的都市。那儿有我四年的难忘岁月。当年刚刚踏进这座城市，朝阳辉映的时候，人们已经走在上班的路上，自信的眼神，优雅的步伐，满怀希望。在傍晚的余晖中，人们归去的步伐急促，脸上写满疲惫，又流露出回家的温馨。这样一种健康美丽、充满激奋情绪的城市表情深深地感染了我，多少憧憬、多少向往深深地烙在我青春的心间。可强烈的飞得更高的欲望与自身力量不足的矛盾突出，我没有能在这里如理想中的那样飞速发展。有些回忆就是阵痛，那是时光不可留的匆匆，是前途难料的苦涩。独自寻梦的翅膀被风雨摧折，在破罡桥这个小地方，却很难找到一个可以疗伤的场所。

十三年别离，至今找不到当年旧路上的心情。故友的祝福不只是停留在发黄的纪念册上，他们会和我偶尔相见。那次遇到一位老友，相貌没有大改，举止谈吐仍然带着当年的风格。知道他也是喜欢怀旧的人。是啊，感情丰富而浓烈的人总是喜欢带着深深的眷恋和默默的祈祷回首。

"听说你到宜秀区去了?"

"没有。"

我不想说那次独自出行的经历，因为那种心情只有自己可以体会，他是永远也不能理解的。在茫茫人流中，偶尔会发现一个似曾相识的面孔，却不会去喊一声熟悉的名字，几十次几百次重复这样的镜头。当年的落日余晖仍在记忆中掩映着一排排整齐的冬青，军训教官的铿锵口令声在昔日校园中回荡。我们匆匆忙忙迎面相撞，同时抬头的一瞬间，相视一笑，彼此都感觉到脸红心跳。那一瞬间的眼神，在我脑中一千次一万次地重复出现。

昨日不再来，当年的城市只留下了片片落叶还在旧日相册里印证往日心情。这些年的秋天，总想走走那条老路，拾起片片落叶，放进相册。岁月延续，人总是要成长，怀旧只能作为一种心情，梦中的歌声其实是自己的心灵在唱响被现实无情掩盖了的真实体验。

我经常会在梦乡中被心灵的歌声唤醒，心灵要求一次遥远而壮丽的出发。老农的表情只有深深的皱纹里的麻木，乡间的神色就如老农的表情。我的遥远而壮丽的出发啊，为什么要从这座小桥开始？

可是必须从这里出发，而且别无选择。想起少年时候看过的一部影片：王子千里迢迢去寻找心爱的姑娘，走在两座山峰间一条恶魔变成的石桥上，正走到中间石桥突然断裂，眼看王子从悬崖上坠落，突然从崖底湍急的河中飞跃起一匹白马，载着他飞过了悬崖。我知道，那是心爱的人变成一匹宝马拯救了他。原来忠贞的爱情可以拯救一个人。

挫折的桥上，也潜伏着危险，当命运的恶魔要置你于死地的时候，会有你所挚爱的事业来拯救你。就如王子一样，因为他忠贞于爱情，所以爱神拯救了他。所以，必须深爱着自己的事业，永不放弃，永不后悔。

我已经选择了遥远而壮丽的出发，它是一次心灵的长途跋涉，正如王子历经艰险去寻找爱情，我要去寻找我的事业。

一种孤独两种忧伤

"别给我背影，转过身来，让我拍张照片吧！"

"不！"

"就像蝴蝶从花丛中飞过，只有片刻的停留。那幸福的时光会渐渐地消殒。"

"所以，幸福的背影在渐渐离去，离去，一个声音在请求它停留，停留，而幸福依然不再回首。"

"别这样说，其实明年春天还会再来，花儿还会再开，幸福地弥漫在山野和公园。蝴蝶还会在花丛中飞舞，幸福也会如约而至。"

"可是，花已非昨日的花，蝴蝶也非昨日的蝴蝶。"

"它们短暂的生命啊！幸福是多么宝贵啊！"

"所以，请转过身，别给我背影，让我拍张照片吧！"

我曾经听过这样的对话。我想：也许，花儿和蝴蝶有同一种孤独，却有两种忧伤。或在山野寂寥地绽放，或独自在花丛飞舞，它们相伴在一起，却不会言语。花儿很美，它的芳香弥漫四野，可是，岁月无情地使它凋零，风雨可以摧折它娇艳的美丽。蝴蝶本想和雄鹰一样在天空翱翔，那样便可以领略千山万水，可是，它的翅膀还没有那种飞翔所需要的力量。

岁月已经留下许多令人们无法忘却的记忆，那是因为生命之乐又演奏了一曲。同在人世间，却有两种不同的道路，曾经相识在人生的春天，可是如今却成陌路。两条路上的人互不言语，这正是同一种孤独。

所以，分别的时候，别说那只有纪念意义的话语，是否想到未来会一样孤独？

一个伤心的人，他会因过度的思念而痛彻心扉，因过度的留恋曾经热烈而如今已经消逝的爱情而沉于幻想。曾经听说过这样的故事：男孩十六年前认识了女孩，他们相恋，三年后分别。岁月无情地一晃十三年。十二年前，他找过她两次，向她描绘了自己未来的事业，并下决心没有成功便没有未来。接下来便是十年的默默奋斗。可是，仿佛有一种东西在控制着人们，也在控制着他。一连串的失败，接二连三的打击，使他负担沉重，失去了再去见她的勇气，就这样沉默了多年。男孩并没有放弃奋斗，依然在心底保存着那份爱情，那最纯洁最深沉的爱情。是不是美好的东西只能在理想中才能存在？而一遇现实便显得虚无缥缈，或者残缺不全？他在一个轮回的沉默中，仍然坚守理想，可是，听到的却是女孩结婚的消息。

而我要说，十三年间，他们是同一种孤独。或许在同一个城市，相伴却无语，仿佛花儿和蝴蝶彼此不能沟通。而如今，却是两种忧伤。我不知道女孩的心情，或许已经遗忘曾经的爱情，并过得幸福，并不忧伤。

也许，这仅仅是一个故事，在茫茫人海中，会有多少这样的故事？

有一次在长江岸边看到这样一幕：一对父子在欣赏江面风景，

却没有看见母亲。

父亲说："孩子，给你拍张照片吧！"

"不要！"孩子却认真地转过身，给父亲一个背影。

"想妈妈吗？"

"……"

"她走了这么多年了！"

也许，那位母亲远走他乡，抛弃了他们父子；也许，那位母亲已经离开人间；也许……总之，是一件令人深感忧伤的事。孩子的转身是不是意味着一种哀怨？

他们相伴在一起，但缺少了一个人，不然这里就会留下一幅温馨的照片。江面上微风阵阵，波浪不兴。有风拂过面颊，父子俩似乎感到些寒意，便紧紧依偎在一起。

我想，他们是多么孤独啊！在这样一个雾蒙蒙的天气里，在长江的岸边，看不清对面有多远。也许，他们也看不清未来有多远。也许，在岸边的期待是母亲的归来，如果这样，心还未冷。

同样的孤独，却有不同的忧伤。孩子的梦里有母亲的亲吻，却仅存于梦，醒来后只能是满腔的哀怨。父亲无法去寻回曾经的爱情，也许那爱已经随风而逝，永远不会回来，只有独自承担着沉重的负担。

父亲说："孩子，你的未来是我最大的担忧。"

孩子无言地抬头，看着父亲。深情的对视，无语的相守，这一幕是多么令人感动！

（曾发表于《安庆晚报》，有改动）

迷茫的追求

在阳光中独自舞蹈

　　虽然是秋天，在澄净的天宇之下，起伏不平的丘陵地带，还是一种以绿色为主的色调。蓝天、丘陵、田野，从上到下透着一种澄明的色泽，在天空中看不到一点点阴翳。有风从山野吹来，丘陵似乎在阳光中起伏流淌，田园散布在丘陵之间，与蓝天一起往我视线所不能及的地方延伸。

　　我看见，在澄净的天宇下，在阳光中，在丘陵之上，有一树枫叶，正透着火红的色彩，在绿的掩映下是那么炫目，仿佛是一个大大的红灯笼挂在山间。火红的叶子正在风中飘摇，仿佛是摇曳的红光。可是，它们更像是在风中舞蹈。在这样美好的时光，它们多么激动。这是自由而欢快的舞姿，在寂寥的山野，它们独树一帜。寂寞中的舞蹈，没有忧郁的神色，翩跹而浪漫。独自舞蹈的姿势优雅而大方，不需要舞台上的掌声，不需要伴奏的乐曲，却充满了自信。

　　一片火红的枫叶优雅地飘落窗前，它告诉我，在这里还有一位寂寞的舞者。让眼光越过窗前的那堵围墙，便可以仰视小山的顶峰。曾经在舞台上看过火辣辣的双人舞，他们青春的激情也许能感染无数观众。你看，那眼神顾盼生情，柔情荡漾；那身材婀娜多姿，挺拔秀丽。我第一次邂逅了在山野中寂寞的舞蹈，因此而神往。我想起了这样的句子：

"那是火红的裙裾飞扬。

有谁知道呢？

她是否会感到寂寞？"

在山野，不经意间会发现绿色丛林中样式新颖的民居，都有很别致的窗户。如今，这样的小楼在山野越来越多。人们的眼光越过都市鳞次栉比的高楼，发现了澄净的山野。在体验过喧嚣之后，这儿似乎是最好的心灵"氧吧"。种种菜，挑挑水，看看书，打打球。周末顺着蜿蜒的小路，看沿途枯黄的草尖上淡淡的霜痕，听各种各样的鸟叫。我想，在山野的某一扇窗户里面，会不会也有托腮凝望的人？他会不会和我一样看到了阳光中的独自舞蹈？是否会因之感动？如果这样，他还会感到寂寞吗？

站在阳台上，山野的秋风拂过面颊，令人猛然打了个寒噤。一激灵间，抬头看见山间鲜艳的五星红旗在迎风飞扬。红色的旗帜在澄净、碧蓝的天宇下显得如此俊美！绿色的衬托又是如此生机勃勃！山野静静地呈现着这样的镜头。这儿静悄悄，唯有午间的歌声在山野回荡。这歌声，有时舒缓，有时急切，有时豪迈雄壮，有时柔情似水。多么希望歌声飞过山野，越过大片的田园，传到思念的地方。那儿定会有人停下匆忙的脚步，欣赏这多情而熟悉的歌曲，回忆逝去的美好时光，憧憬未来的美好岁月。在歌声中，我发现那阳光中的舞蹈似乎更加欢快，所有的落寞毫无痕迹，因为寒意而滋生的那点忧郁也已经荡然无存。

蓦然回首，田园已经在心底一改往日灰暗的色调。晚霞中的一瞥，似乎雁阵归去的队伍已显出匆匆神色。晚霞掩映的田园里，曾经丢弃的历史的碎片，在那不息的时光之河上再也找不到踪迹。一个人的独处就如阳光中的独自舞蹈，没有高原上月光中的歌唱者心中的徘徊和怅惘。让心灵的舞蹈永远舒展曼妙的舞姿，无论是白天还是黑夜，永远不会停歇，永远不知疲倦。

　　凌晨四点半，我已经披衣起床。天空中还有点点星光闪耀，东边天空露出即将破晓的神色。周围还是一片黑暗，偶尔有几声鸡鸣狗吠传来。这是深秋，有露水沾湿窗棂。空气带着些微寒，桂花的香气正从不远的地方传来，它们使我感到精神一振。我曾经渴望着，就在我的窗前，有一棵这样的高高的桂花树，它的香气散发到我的桌前，弥漫在我的梦乡。在桂花香中，我读书，写字，听歌，然后就站在阳台上，听鸟儿的啼鸣，看着眼前花园里的湖水和林子，以及晴朗的天空中偶尔飘过的几片白云。我可以把它们称为"芳香的阁楼"吗？那该多好啊！

　　我刚来到这里，我将在这里度过一个充满希望的秋天。这个秋天，我不用再去体验那种深深的苦楚，我不用再去天天经过那条窄窄的山村小路，而不得不看着路边的枯草，进而想起十年中无法抛弃的恼人故事。这里是比较理想的学习场所。二十年前我选择了读书，以此来改变命运。而今，我依然选择读书，以此来战胜苦难。

　　这时，有薄雾轻轻弥漫开来，渐渐地布满林间。那个有雾的林子里有一座小桥，桥底有浅浅的流水。我时常在林间独自漫步，落叶铺满小径，我不禁想起这样的句子：

"踏着一径缤纷落英，

步入你心深处，

被枫叶染红的心思，

和秋天的月亮一样晶莹。"

这是我在多年前写的。那时我对美好的爱情充满无限美妙的幻想：也是这样一个有雾的林子，我们一起漫步其间。轻轻的雾水打湿了我们的衣襟和头发，我们却全然不知，因为我们在描绘未来美好生活的蓝图。可是如今，是我一个人在这有雾的林间，独自漫步。是否，生命不如我所想象，最美好的东西往往最容易失落。

东边的天空渐渐明朗，星光渐渐暗淡下去。村庄露出了依稀的轮廓，远处的山影渐渐可以辨明。远处有一两处最先亮起灯光，那是晨起的人们一天劳作的开始。站在阁楼上看广袤的田野，那里马上就会出现辛勤的农民躬耕的背影。

太阳即将升起，远处传来上学路上孩子们的说话声。他们的说话声轻轻地划破了乡村的静寂。一天的紧张生活即将开始，这是充满了新的希望的奋斗，我不觉得累。

在黎明的歌声中穿行

　　月亮将要淡出天空的时候，路边枯黄的、高出半人的草尖上，有清亮的露水在悄悄滑落。山影朦朦胧胧，傍依而居的村庄还在那个角落里静静地等待天明。深秋的空气清清爽爽，正弥漫着草叶的芳香。空旷而辽阔的田野中，可以判断那隐约可见的是一片片金黄的稻谷。这时如果有微风，就偶尔会有一片两片落叶飘落在你的肩上。我知道山上的枫叶红了，大雁结伴回故乡。我知道旷野的青草枯了，荣枯又一岁。

　　黎明时分，小路上已经有了少年们的踪迹。你看远处，有一束灯光在闪烁。一个骑着单车的孩子从那边疾驶而来，背着漂亮的书包。后面又有一辆单车紧接着疾驶而来，孩子身上的书包沉甸甸的。过一会儿，小路上他们的单车渐渐密集起来，一个个从我身边"倏忽"一下就过去了。他们谈笑着一起前进，清脆的铃声一路响来。

　　这时候，远处传来了歌声。这歌声从五星红旗高高飘扬的那座教学楼上传来，穿过旷野，在孩子们耳边回荡。蜿蜒的小路上，是孩子们的车流，他们三五成群结伴而行，亲亲密密，他们一只只漂亮的书包里装满了沉甸甸的希望。在黎明时分，他们沿着这条蜿蜒的小路，朝着歌声响起的地方前进，奔向未来。歌声中，他们俊秀的脸庞透着青春的光彩，明亮的眼神里蕴含着青春的渴望。

每天我都会在歌声中沿着小路走着走着，不知归去，仿佛又回到从前——在黎明的曙光中出发，未来的一切充满希望。因为孩子们朝气蓬勃的精神感染了我，我因此会忘却在乡村里受到的某些困扰，而且会荡涤思绪里消极的尘埃。

歌声中的心情，是回忆里的酸甜苦辣。年少的思绪里，有多少憧憬渴求。黎明便出发的心情，如今仍然记忆犹新。这短暂的几年宝贵的时光匆匆逝去，其间有许多失落。年少的我幼稚而缺乏思考，虽然有梦想，但是似乎少了一点坚强。我常常想，如果再回到从前，那一切就会重新开始。如果在年幼的心灵里，再多一些坚强，就会应对许多无法预料的困难。如果真的是强者，那么在年幼时，就会在心中种下理想的种子，而且为之默默奋斗。

歌声中的心情，是如今的心急如焚。时光一年一年流逝，转眼又是一个秋天到来，梦想还是那么遥远。也许，太过焦急，所以欲速则不达。我怎样才能够补回十年蹉跎的时光？我怎样才能够在理想的道路上走得坚定而快速？期望在短短的一年中便挽回十年的损失是不切实际的。彻夜不眠，通宵达旦，只会使身心疲倦无力，还是要循序渐进一步步走。在夜晚寂静的山村里，也许这是最好的读书时光。为什么有那么多的困扰和懈怠？沉默中，谁会认为你软弱？哪怕再沉默一个轮回，哪怕成功是千年的等待也无悔。

歌声中的心情，是不息的信念在燃烧。我就算面对无数次失败的冲击，也不会丢弃成功的信念，哪怕成功的希望如闪烁的烛光，随时会被风吹灭。美好的未来像大海中的一盏明灯，在闪烁着希望，尽管波涛汹涌，还必须向前。那前方定会有温暖而宁静的港湾，定会有风和日丽的海岸。那港湾里定会存在美好的生活，那海岸上定会有浪漫的邂逅，定然是此岸所没有的温馨。泅渡者的心中也有一首歌，他自己在唱响。漫漫征程中，这首歌在鼓舞着他，也许这就是希望之歌。在无数个黑夜，他面向天空，唱响心中的歌，他似乎能听见大海上空正回荡着豪迈、深情而急切的旋律。

黎明的歌声在旷野回荡。在歌声中穿行的孩子们，他们多么幸福，他们的未来多么美好。因为看到他们青春飞扬的飒爽英姿，我的眼神因之而明亮。在黎明的歌声中穿行，我获得了启示和力量。

（曾发表于《安庆晚报》，有改动）

合工大印象

一、积雨成河

七月的合肥，正在炎热之中。多天的沉闷终于等到了一场暴雨。先是漫天的乌云滚滚而来，惊天动地的雷声在人们头顶炸响，闪电在整个城市上空肆虐。然后天地一片黑暗，暴雨从远处急速地弥漫过来，久久不停。没有多久，前面的路已经被雨水淹没，水越来越深，并且形成了急速流动的水流，雷声雨声响成一片。眼光穿过校门，对面马路上的汽车仿佛在河流中开动。还是下午四点多钟，路灯早已全部亮起。

我们刚刚下课，大家纷纷冲出教室。可是出了教学楼的大门，有人望而却步，不敢再往前走。大家无奈地看着这黑暗的天空，仿佛无休无止的雨水从天空中倒下来。我模糊地想起一首歌中唱道：

"轰隆隆隆隆打雷了，

胆小的人都不敢跑，

无奈何望着天，叹叹气把头摇……

不要等雨来了……"

这是小时候唱过的歌。正如歌中所唱，那年，我曾经仰望校园上空飘扬的红旗，而全然不管雷雨将至。年少的我有很多梦想，如今我已不再年少，因为还有梦想，我来到这里。

我穿着凉皮鞋，索性挽起裤腿，迈进这积雨汇成的河流中。

我是来合肥学习的，将要在这里待一个月。七月份的这场暴雨考验着我的意志，我不会因为学习条件的恶劣而后退。

二、无声的告别

校园里的林荫小路上，留下斑驳的光影。夏天的微风吹过，有一丝丝的清凉。树梢间有各种鸟儿的影踪，它们无忧无虑地穿梭在茂密的林间。

我已经下课，走在回宿舍的路上。无意间，我看见前面不远的地方有一个女孩正在不停地用手势说着什么，而女孩对面是个高大英俊的男孩。男孩并不出声，只是注视着女孩。女孩还是在用手势不停地说着，我只看见女孩好几次用一只手按在自己的胸口。我不懂她的手势，但我发现男孩一直默默地看着女孩，用一种深情的眼神，仿佛已经浸润了泪水的眼神。我仿佛可以看见，男孩多么想抱住这个不会发出声音的女孩，然后一起哭泣。我不知道大约过了多久，女孩不再用手势说话，她转过身，朝着另一个方向走去。我看见，这是一个多么美丽的女孩啊！黑亮的长发在微风中轻轻飘扬，高高的身材略显瘦弱。随着那节奏极强的脚步声渐渐变得微弱，她走了，只是朝着自己的方向，一直没有回头。渐渐地，那略显瘦弱的身影消失在林荫小路的尽头，淹没在茫茫人海。那个男孩站在原来的地方，还是用那种饱含泪水的眼神，注视着那渐渐消失的背影，许久没有移开。我想，男孩的眼神里或许还有祝福，或许还有期待，或许还有担忧，更多的是不舍。

我迈开沉重的步伐默默地走开。我在心中祈祷,那个不会说话的女孩,别让泪水泥泞了自己的前程,那个只会流泪的男孩,他有无尽的思念,在牵挂着你转身离去的背影。无论你在哪里,还有一个默默地祝福着你的陌生人。

三、沉重的书包

我结束了一个月的学习,马上就要去车站,坐上回家的车。我打点行装,发现身边的东西除了凉席之外,还有很多,不容易全部带回,于是把那些可以放弃的东西统统丢掉。最后,仅仅书本就装了满满一大包。我抱起凉席,拎起水瓶,背上书包,慢慢地走出校园。

沉重的书包里,装满了我在合工大校园书摊买的复习资料。我一步步地走着,汗水浸湿了衣服。在这一个月中,我经常穿着被汗水浸湿的衣服去教室上课。我想,我必须努力。因为,我正在攀越这个人生的台阶。这是一个高高的台阶,如果我攀越不了,那么未来的一切梦想就会彻底化成泡影,我要积蓄力量。

在合工大的一个月里,我每夜枕着书本睡觉,就这样等待黎明。这个习惯我一直保持下来。因为,我知道远方的战场上,只有枕戈待旦的勇士才能凯旋。我必须枕书而眠,我不能忘却我那还没有读完的书本。

我一步步地走着,离开学校大门时,我回头看看,这个在我的生命中曾短暂停留的驿站。我对自己说:"生活将我推上一条非正常轨道,在这条轨道上,只有闯出一条生路,我才有希望。"十几年来,我并不是没有奋斗,只是我那朝着理想前进的航船在起航后遇到了险风恶浪。好比一个扬帆远行的水手,海浪倾覆了他的船,幸好，他还没有被海水淹没，他又爬上岸。如今，他第二次出发。他还有勇气，也有了战胜险恶的准备。

我身上的书包很重，但是我的身躯还有承载它的力量。我因此感到欣慰，任凭汗水流下脸颊，任凭脚下长路漫漫。

京郊铁匠营的早晨

在火车上我就注意到了，渐近北方，那天空上云彩的变化。那是大片大片浓浓的黑白相间的云朵，层层叠叠，气势壮观。火车下午抵达北京西站。在滚滚人流中，我挤上公交车，穿过市中心繁华的街道，眼光掠过高高的楼厦，掠过灰蒙蒙的天空，掠过巨幅靓丽的广告牌。经过大约四个小时的奔波，我才到达位于京郊铁匠营的人文大学。这时已近黄昏，夕阳在宽阔的马路两边高大的行道树间投下斑驳的光和影。在这远离家乡，十分陌生的地方，我的心情有些复杂。

夜晚很快来临，路边的灯光依稀亮起。我来到学校附近的一条街道。这是这座村庄里唯一的街市，长长的街道上有商店、宾馆和餐厅。我找到一家宾馆，准备在这里休息一夜，第二天再处理计划中的事情。这几天的天空总是灰蒙蒙的，然而夜空并不暗寂，那是因为灯光的辉映。不时有飞机经过的声音，却渐渐地消失在云影里。

第二天凌晨四点左右，我披衣起床。深秋早晨的空气已经带有些许寒气，却异常清爽。站在阳台上，我觉得周围一片静寂，只有昏黄的路灯在晨光中闪烁。昨天这时候，我还在家中。今天，我却站在这个庞大而陌生的城市的一个角落里，体验着异地的风情，异地毕竟是他人的家乡。从列车出发之际的憧憬和到达之后的孤单中，我发现了心灵深处的矛盾。

露水很重，打湿了栏杆。倚栏而望，除了路灯的光亮，周围一片沉寂，仿佛这里的黎明来得很迟。不远处的街道上，似乎还没有发现人们的影踪。这时，我已经忍不住要去打扰旅店的主人，喊醒他来开门，让我出去。他似乎是从熟睡中爬起来，打开了院门。连门口那个昨天傍晚还不住地重复着欢迎辞的鹦鹉也似乎还在睡梦中，没有发出一点儿声响。

我很快来到街道上，这时才发现，原来街上已经有了行人的影踪。虽然路边的商铺还没有开门，但是，穿过玻璃门，我可以看见卖饺子的店铺里，人们正在忙碌着。走进这家店铺，我要了一盘饺子。我和主人同时发现彼此的口音相近，一问才知道，原来我们都来自黄梅戏的发源地。我似乎不能否定她所说的"北方人爽朗耿直，南方人阴柔委婉"，也许这是她十年旅居京华的深刻体会。

吃完香喷喷的饺子，我告别这位巧遇的老乡，出门时又闻到一股烧烤的香味——对面有人在烤羊肉串。那烟气和香味一起散发在清晨的空气中，十分浓烈。可以发现，那是一对小夫妻，在他们平淡自然的表情里，在他们配合默契的动作中，我似乎可以看出他们是多么恩爱。这是京郊一对普通的夫妻，也许他们没有辉煌的事业，也没有对权势的追求，然而，他们朴素的爱情隐藏在淡定的表情之下。

在一个避风的窄巷里，许多少年挤在一起吃麻辣烫。热气腾腾中，我可以看见他们脸上正洋溢着青春的光彩。他们用动听而标准的京味方言说着什么，正像昨天公交车上的那位售票员女孩不住地用悦耳动听的京味方言说着"往里走走"一样，京郊少年那含有魅力的声音在我耳边萦绕不散。

　　这时，太阳已经升起。两条车道上，奔流不息的车辆朝着不同的方向疾驰。也许，它们向着首都进发；也许，它们只是经过这里。车窗玻璃上映着早晨鲜艳的霞光。

汤口的街头

　　傍晚时分，我已经坐在汤口街头一家餐馆的室外餐桌上，点了一道黄山的特色菜肴——石耳。据说这种石耳是长在悬崖上的一种生物，含有多种微量元素。我一边喝汤一边不由自主地回想着上午路过的一个湖泊——太平湖。虽然只是匆匆一瞥，却已经无法忘怀。那碧绿的湖泊，仿佛是躺在地球表面上的一颗"眼泪"。碧绿的湖面映着蓝天上的白云朵朵，湖面栈桥状的码头上停泊着数不清的各色游艇。深山之间澄明的阳光和空气、连绵起伏的绿色山岭，它们组合成一幅似锦图画。

　　正当太平湖的美丽影像还在我眼前不住闪烁的时候，我抬头看见了汤口大桥上方的山峰。我一路乘车绕山盘旋而来，汽车在山间蜿蜒的公路上疾驶的时候，我只是看到绿色的山峰。这时却发现，在汤口，我可以看见兀立于白云之间的灰色层叠的山峦。旁边不经意间出现几片乌云，夕阳在乌云周围嵌上闪亮的光圈。忽而，乌云像一只绵羊在奔跑，忽而又像一只袋鼠在跳跃着前进，后来又消失在如雾如烟的空气中。身边陆续来了几位推销茶叶的妇人，我应付着说了几句话之后，再抬头看大桥上空的云朵，才发现大片的乌云渐渐在汤口上空弥漫开来。于是，街头又有妇人一边警告着我们说

"明天黄山有雨"，一边推销着她的两元一件的雨衣。

路灯依稀亮起，霓虹开始闪烁，乌云仿佛缓缓降到了汤口的上方，对面的山峰在如雾如烟的空气中隐隐约约地露出暮色中它阴森的面目。

在崇山峻岭之间，散布着稀落的村庄。时代变化，如今能到这样的山里来住上一段时日，已经成为城市人的奢望：在院落里放上一张小桌，在上方支起一张和天空一样颜色的大伞，喝一杯清茶，翻看一本书。何等惬意！

我听说，这里的村落里出现过许多杰出的人物。他们曾经在这里读书、学习、生活，是这样静谧的山水哺育了他们。走在街头，想象着当年杰出的人们走在这石板小路上，他们心中默默坚守的信念是什么？也许是"悄悄积蓄能量，等待时机闯天下"。

发出昏黄光亮的路灯下，大桥横跨在两座山的山腰之间。夜色渐浓渐重，已经不能再看见对面的山峰了，街头的游人和车辆却越来越密集。他们在餐馆主人的招呼下停下脚步或者将轿车熄火，停在路边，使得并不宽敞的街道越显狭窄。大桥底下有人在暮色中行动，仔细看，原来他们是在那里捉螃蟹。大桥底下的碎石和泥土很多，白天看见有工人在那里清理着什么，夜晚只能听见山泉流动发出的微声。

晚八点，我来到位于汤口街头的一家酒店，准备休息。但是就在白天，那餐馆主人的招呼以及得不到回应的失望眼神，推销茶叶和卖雨衣的老妇人四处搜索的目光，卖自家出产的西瓜的老农微颤的手指，在我眼前不住地交替出现，搅得我不得安宁。好久，我才在倦意中睡去。

破衣烂衫地奋斗

十四岁的我喜欢和小伙伴们在草丛中打滚，然后一起到林子里找些干柴禾回来给妈妈烧饭用。夜里，我点着煤油灯在家读书；有时约几个小伙伴一起讨论问题；有时我们几个人相约到学校里去自习，经常有月光照亮我们回家的路。我们不怕，因为我们从课本上学过《少年闰土》，知道闰土的故事。原来月光之下会有那么多有趣的故事！这些都是在头脑中闪耀的快乐记忆。

那时家里很穷，我穿着带补丁的衣服，破了口的鞋子。我知道，如果不读书，我会永远这样。只有读书，我才会忘却寒冷以及饥饿，才会摆脱这样的困境。天还没有亮，我便起床，准备迎着星光出发。田野里四季的景色不同，无论是哪个季节，我都十分喜欢。我十分喜欢读这样的词：

"七八个星天外，

两三点雨山前。

旧时茅店社林边，

路转溪头忽见。"

这为我艰苦单调的生活增添了一些乐趣。

我常常点着煤油灯到深夜，因为有一道题我没有想出来，我不能带着问题到明天，实在想不出来，便和衣而睡。天亮以后，我又迎着曙光出发。露水在草尖上悄悄坠落，当朝阳升起的时候，它会闪烁着微微的光亮，秋天的草叶上会有淡淡霜痕。冬天到了，轻轻踩过薄薄的冰块，发出几点微微的声响。而一旦大片雪花飞舞，我们的心情就会随着雪球的滚动而异常欢快。

到了学校，靠窗的那张桌子是我的。窗外有一棵树，树上经常有各种鸟雀在跳跃、唱歌。我不知道，是不是我们的读书声打扰了它们，它们叽叽喳喳地纷纷飞走了，然后又会悄悄地飞回来，张望着窗户里的人群。十四岁的我在悄悄地朝着理想前进，没有后退的机会。

我不会忘记，二十多年前，那九月里似珍珠的露水，那九月里似弯弓的月亮，以及有薄纱般月光笼罩的原野上，我们欢跃的身影。

梦

回

　　我忽然记起十六岁的学生时光，那时光也已经定格成历史，仅
留给回忆。它永远不再回来了，永远，永远。这多么令人伤感！

　　如果，那校园冬天的飘雪里有几个少年，正在像我们当年一
样，追逐着互相打闹，然后她悄悄埋怨雪球打湿了她的衣服，那
么，这一幕可以假想成当年我们故事的重演吗？

　　如果，片片碎落的信笺还在她的记忆中飘忽，那么，我宁愿独
自承受那一切可以重新开始的、痴心的失望。

　　如果，那铜色的镜框里还蕴藏着一些我无法想到的温情，那
么，痛苦的坚守还没有变成生锈的旧铁而被扔进瓦砾堆。

　　如果，我生命的画卷里没有靓丽、斑斓的春天的光与影，而仅
仅留下灰暗的、冷漠的晚秋的夕阳，那么，回忆将会是我唯一的
安慰。

　　我不曾流泪，在承受着心灵的剧痛时，我不会流泪。可是我却
经常在梦中回到从前，然后是泪水啊，它不断地流下来。人生路
上，最初的美好时光仅留下的几行印迹，也已经快被多年的风雨侵
蚀，只留下些微痕。十五年啊！并不短暂的一段光阴，它虚掷而
去，多少梦想已成空。

　　"不是，生活并不如你所想象，"当年我们坐在校园里的台阶上，她这样对我说，"诗人般的浪漫怀想最容易碰壁。"我不以为然。而今，我似乎懂得了，越纯洁的感情越易碎。却并不是你有意将它打碎，而是在应对周围人们的思想和行动中，无意间失手摔碎。摔碎之后，仅留下些什么？一些多年后才会意识到的绝望和沉沦。

　　当我从梦中醒来，泪水依然不断地流在腮边。我又清醒了。身边是书桌上厚厚的一堆书本，窗帘外是漆黑的夜空和静寂的乡野。这时，我又准备起床，因为我的学习任务还没有完成，我必须提前开始一天的学习。

　　我知道，时光不会倒流，那快乐的身影只是曾经在校园里欢跃，而那欢跃的情景永远萦绕不散，如影相随。

　　我知道，生命还会延续，我还有希望在那春天斑斓的光与影里，背着沉甸甸的行囊，从心中理想的驿站回到故园。

梦的天堂曙光乍现

　　我走在路上，前面传来悦耳的音乐。我朝着音乐响起的地方，迈着坚定的步伐，一路走去。那音乐仿佛从天堂传来，我听得沉醉。

　　梦中的天堂是那样美好！

　　清澈的湖水在树林间流淌，还有欢快的鸟儿的叫声，引起我对一段往事的回忆：温暖的公园里，我看着笼子里美丽的鸟儿，我听着它动听的歌声，从湖心小路上走过，我还在想着带走那美丽的笼中的鸟儿，我流连忘返……

　　读书声和歌声从树林里面传来，在我听来，那是天籁之音。多年的忧伤啊，它可以慢慢地在梦中随着泪水流出，然后，心中的沉重负荷渐渐减轻。我的步伐变得轻快，我的愁绪一丝一丝地消失。

　　而今，我仿佛置身荒漠中的古堡，没有一扇窗户。我仿佛听到远处传来急促的马蹄声，策马扬鞭的人正穿过崇山峻岭，披星戴月，风餐露宿，不知疲倦。月朗星稀之下，他又一次扬起长鞭……古堡中的人日夜期盼的是光明，而马蹄之声正在渐渐接近……

　　我快步走在小路上，心中充满了希望。那仿佛来自天堂的歌声久久地在我的耳边回响。是它，启示了我，在追寻天堂的路上不容迟疑；是它，引导着我，在追寻幸福的征途中不容忧伤。

我将去参加一个考试，在我看来，那是可以改变我命运的考试，多少年的渴望在今天才变得可能。那仿佛是清晨的曙光，它穿破黑暗，即将迎来黎明。可是，也许又会有乌云从不可测的地方悄悄移来。不过，黎明的时刻已经到来，在期盼中，我翘首等待。

洒
泪
成
雨

如今，我有时会从梦中惊醒，仿佛还在当年的师范学校，还有老师布置的功课没有完成，得赶快起床。而醒来以后，恍若那是另一个世界里我的故事。还记得1995年6月底，我们去校外饭店毕业聚餐。大家都喝了一点酒，后来就有女同学开始轻轻地抽泣，然后更多的人开始哭泣。有同学干脆坐在了地上，任人怎样拉也拉不起来……

我知道，今夜之后，大家就要各奔东西。我没有说话，只是独自站在门前的栏杆边，我想平静，可是往事历历浮现在眼前。我曾经在跑道上被人有意撞倒，我微笑着；我曾经在黑夜中的荒郊奔跑，我体会到了无尽的荒凉；我曾经一边打着点滴一边渴望着在美好的校园里读书；我还记起曾经被邀请到从前的教室里去参加元旦联欢会，可是我进门以后却感到异常寒冷，不知道是不是因为窗户外面冷风的侵袭。

我知道，他们哭泣是因为心中有苦。他们不说，只是默默地流泪。他们该是多么坚强！而我却控制不住自己了，我悄悄转身，俯视楼下那条我经常风尘仆仆走过的马路，橘黄的灯光变得如此暗淡，如此伤感。我再也忍不住了，泪水奔涌出来。有风吹来，不断流出的泪水被风卷入空气中。我不想流泪，我不该流泪。可是我不坚强，我忍不住。泪水，它也许是积压在心中的苦痛化成。当一切苦痛都化成泪水流出，那么心中的负荷能否变轻？但愿泪水能带走苦痛，让心灵里多留些幸福的情愫。

　　如今，一看到令我感动的字句，一听到令我感动的话语，我就会泪流满面。

　　这是武大校园的一处高地。宽阔的路边是一片树林，低处是空旷的操场。这是早晨，虽然没有晨钟敲响，学生们却已经默默地走在去往教室的路上。如果这时响起一阵晨钟，那么这气氛也许更加庄严、肃穆。在求学的路上，他们默默无语。在阳光中他们没有少年习惯的忧虑或浮躁。一个队伍在我身边前进，脚步整齐而有节奏，略带匆促却充满自信。

　　行进的人流渐渐地减少，有人顺着林间小路走下山坡。我发现在绿树掩映的山坡间，有许多分散独立的楼阁。它们并不醒目，也许两层，也许三层，但不豪华，这里正是学子们潜心攻读的地方。

　　迎面走来一位衣着朴素的男生，背着书包默默赶路。我喊他停下，问："这校园里可以买到考博的资料吗？"面对我，他略一思索，给我指明一条到书店的路。

　　这是一个十分年轻的武大学生，一脸的诚恳，那眼神中似乎蕴涵着深邃的思想。如果，这不是在武大校园，而是在喧嚣的KTV或者周末的武汉街头，你会发现这个男生十分特别。

　　校门外就是滚滚车流奔涌的街头，但我刚才还在光谷书城里看到种类繁多的书籍和静静翻阅的人群。这时，我猛然醒悟：原来繁华喧闹与淡定从容只有一墙之隔，穿梭于喧嚣与寂静之间，也许正是我们想要的生活。从朴素而深邃的男生诚恳的表情里，不难读出他有些许的压力和满怀的憧憬。是否因为，他知道，虽然寂静的校园和繁华的街市只有一墙之隔，但是，从他的安静的校园里走出来，要迈过多少坎？

2012年元月的考试结束了，我仿佛可以稍事休息一下，可是我紧紧绷着的神经不能猛然放松，我只能渐渐释压，并且准备迎接新的战斗。我的焦虑并没有减轻，我在等待公布成绩，说服自己做好失败的准备。如果失败，我将坚持下去。这是希望和担忧并存的一段时间，我憧憬着，也焦虑着。

已经有十几天了，凌晨四点我就醒来。然后我打开收音机，找到有音乐的频道，躺在床上听歌。不知何故，我特别喜欢听经典老歌，那歌声一次次地引起我对往日的回忆：快乐的，伤心的，饱含希望的，失落的，等等。无论我走到哪里，经过那些故事以后的心情永远不会变得麻木。在轻扬的歌声中，我想起一些人一些事。

我已经不能再找回当年漫步在这座城市的街头，看着落叶，看着阳光的那种浪漫的心情——是岁月改变了我，还是生活改变了它最初的面目？

含痛的岁月里，庆幸我还有不变的信念。我一直在重压之下，虽然偶尔感觉身体疲倦，但是我的精神还不曾懈怠。我曾经流着泪水抚摩着蓝色封面的毕业证，想到艰难的奋斗，想到岁月经不起蹉跎。

仿佛是一场百年一遇的聚会，之后他们都已经远走，仅仅剩下我一个人，看着那远去的背影和繁华之后的零落。

2012年的开端是焦急的等待，然后我还有一些新的计划要努力去实现。现在还是在寒假之中，我一直希望时间能过得快点，因为我盼望着早点践行自己的计划，盼望着等到成功的消息。而我竟可以不管又一年过去，容颜会渐渐老去。

这些天来，我每夜伴着音乐入眠。在睡梦中，我的脑海中时常闪烁着一些生动的影像，那是经历了往事之后的感情的重新萌发。与所谓的事业有关，与所谓的初恋有关的那些复杂的情感都在醒来后纠缠着我。

又是一个轮回开始

　　总觉得人生的前两个十二年过得很慢，而第三个十二年过得飞快，还不容我细想做了些什么，也不容我惋惜和挽留，它就已经成为岁月长河中坠落的一朵浪花。每个人的生命时光都会像岁月长河中的一朵浪花，或者优雅地坠落，或者急促而忧伤地坠落。而我的十二年时光，是否已经在那条长河中留下轻淡的一点印记？

　　十二年间，我不曾离开。我在这条曾经留下青春梦想的乡间小路上来回奔走。我仿佛还能感受到儿时歌唱《信天游》时的欢快心情：我在春天的田野里奔跑，在散发着芳香气息的林子里吹着树枝做成的笛子……过年了，我会将许多奖状卷在一起，若无其事地一个人走在小路上。在同学们羡慕的眼光里，我似乎觉得不值得为得到那些奖状而骄傲。

　　十二年间，我多么渴望能离开这里，远走他乡。无论是北方天空浓浓的云，还是南方油纸伞下的温情，都令我生出许多幻想。许多美好的事物，是不是仅能留给幻想？我渴望出去，可是面临出发，我却犹豫。因为这样的出发只是短暂的逃避，我的身边还有很多事要处理。

　　在又一个轮回开始的时候，我站在这时光的节点上，回视曾经的那些人和事，无论是斗争还是坚守，无论是陷落还是拯救，都无法忘怀。我不曾忘记告别宴会上的祝酒，更不愿弯曲挺直的脊梁。如果有一丝一毫的陷落和沉沦，它们都会使信念之塔遭遇打击而渐渐失去根基，在更长的时间内，在另一个十二年间塌陷，而最终毁灭了自我。

又一个轮回开始了，如果我那遥远而壮丽的出发在今年成为现实，那么我可能会默默庆幸，还好，我终于挤上了那辆末班车。这在我看来，是通向"幸福"的末班车。

船泊洲头

　　这是一个四面环水的小洲，向南跨江而过，我们可以抵达一个新兴城市——池州。早晨，渡船停泊在洲头。六点准时出发，经过近一个小时的航程，我们才能到达这个江南小城。

　　早晨六点钟，我上船寻到一处座位。旅客多是乡下农民，他们带着一些家乡土产去城里。因为洲上交通不便，这些年大部分年轻人搬到城里去了，父辈们在此留守土地。到了夏季，玉米成熟了，家里的雏鸡也已经长大，他们便带上这些东西去城里看儿女们。

　　马达声响起，渡船缓缓出发，犁开一道道波浪。东方的朝霞正火红地铺在天边，早晨带着露水的微风迎面吹来，一天中的暑热还未到达，人们暂时觉得些许凉爽。旅客们坐在船头唠着家常，有人互相递着香烟，点燃后，将浓浓的烟雾吐在空气中。我赶紧走开，去船尾呼吸清新的空气。

　　因为地处江心，车辆少，工厂少，所以空气污染少。这里是一个天然氧吧，树木茂盛，各种鸟儿常伴窗前，蔬菜是典型的农家肥种出来的。夏季，地里熟透的西瓜可甜了，尝一口，沁人心脾。

　　前方有白色大鸟展翅欲飞，却又低低地徘徊，可能是有浮游的小鱼在诱惑着它。静静的河道两旁是树林和草丛，水草繁茂的地方是鱼儿的天堂。这里的鱼类繁多，味道鲜美。在外地餐馆里，人们常称呼的"江鱼"就是从这样的江水中捕捞上来的。渔夫放下渔网，让渡船过去。渡船惊动了一些鱼儿，它们惊跳着跃出水面，又潜回水底。

朝阳映照在水面上，水波闪烁着无数金色鳞片般的光芒。对面站着一位本族的大叔，他送刚刚从大学毕业的女儿去上班。他微笑着和我点头，淳朴的表情里多是善良和敦厚。几年前还是满脸黝黑的本族小妹，现在已经学成归来，落落大方地站在我对面的船头，向我点头微笑，黑亮的眸子里闪烁着对美好未来的憧憬。

船头正在转向。这样的迂回航线可能是这个小洲独具的特色。这样的河道可以方便渔民捕鱼，也使在夏季涨水时期，我们到达江南城市的航线变长。虽然，这里的江鱼十分丰富，可是我们这里却很少有人能吃到，据说是因为这里的江鱼都被城里餐馆高价收购去了。

其实，安庆与池州仅一江之隔，江面很窄。在枯水季节，我们只要十分钟就能抵达南岸。我们地处长江下游，夏季雨水较多，长江水位上涨很快，又加上小洲的特殊地形，使航道变得迂回弯曲。我们绕道而行，没有风浪，不像有些长江航段，会经常遇到风浪。

快到七点钟，渡船缓缓靠岸。有人已经早早等候在码头，迎接送来玉米和仔鸡的父辈。朝阳渐渐变得火热起来。无论是洲上的农民还是这里的市民，都将开始一天的劳作。

　　从破罡桥那座小桥走出来，走进另一片天地。我暗暗庆幸，终于赶上那辆理想的"末班车"，我"遥远而壮丽的出发"成了可能，我"永远的滞留"的担心渐渐消解。这等待的岁月如此漫长！

　　拂晓时分，乘竹筏离开家乡的英姿飒爽的青年奔赴战场，在出发之前的夜里，他激动难眠。在等待出发之际，他充满了豪情壮志。年少时看过的影片至今还在脑海中闪烁着生动的画面，它使我在年少的梦中常留憧憬与感怀。正像电影中的主人公那样，等待出发，我激动难眠。

　　可是，时光飞逝，二十年过去了，其间我在年少的"憧憬"之梦中离开了家乡，开始了短暂的求学生涯。这是我的第一次出发。当年的"江汉"号轮船劈波斩浪驶向安庆。我为这次出发等待了八年。这八年是我少年的读书时光，无论是领奖台上的自信回首，还是晨昏读书的苦乐，都令我刻骨铭心。面对长江滚滚的波涛，我默默憧憬着未来。

　　而后，我又回到家乡开始了漫长而艰难的乡村教书生涯。魂牵梦绕着我的依然是"遥远而壮丽的出发"，电影中拂晓出发的青年的飒爽英姿和豪情壮志鼓舞着我，可是我的出发是那样渺茫无望。这种困境比被囚禁的人感到的禁锢更加令人痛苦。甚至，绝望会悄悄占据人的心灵，继而悄悄地、不自觉地沉沦下去。不是坚守理想，就是放弃信念，退守"拙劣"的生活，却又不能在这两者之间徘徊，从而失去奋斗的良机。

从破罡桥那座小桥走出来，走进这片天地，仿佛"柳暗花明又一村"。我又开始了晨昏苦读的生活，书房背后的原野是我唯一的"风景"，空旷的原野吹来的风和满眼的绿色使我不觉疲劳。当黎明还未到达，我的台灯已经点亮了我的世界。周围一片静寂，人们还在梦乡之中，我的灯光在夜色中闪烁。

走到人生这个节点上，猛回头，惊觉蹉跎岁月的背影上刻下了些许沧桑、些许无奈。今天，在距离第一次出发后二十年，我等待着第二次出发，圆我"遥远而壮丽的出发"梦。我在二十年的时光中，日思夜想的是什么？是我远方的梦，那个带着斑斓色彩的梦，和事业有关。

在告别蹉跎岁月的路上，当我踏进这个校园时，会为眼前的清新气息扑鼻而来而顿感心胸豁然开朗——不远的青黛色的山脚下，正有林间的小河流淌，高高的新楼在山脚巍峨矗立，读书声正从河畔传来……

等待第二次出发，是等待一次飞翔，也是等待一次远征。

陷落与拯救

如果打开所有镜头，那么，记录下这陷落岁月的所有照片可以用来组成一幅标题为"苦难"的组图。陷落，不是让人在废墟中痛失前世繁华，而是让人在进退失据中扼腕叹息，叹息那青春渐去的黯然的背影。

陷落的战场，似乎还可以收复和重建，进退失据的心灵却永远会在回忆中阵痛。封建的士大夫陶渊明可以安贫乐道回归故里，他因为田园风光的滋润可以平安到老，我不知道他是否曾因那段作揖恭候的时光而心头阵痛。

穿过历史的烟云，东晋的乡村田园里，陶渊明的朋友也许不会跟他说起关于东山再起的话题。如果谈起这个话题，会刺伤一个归隐的士大夫的自尊吗？可能，那个时代局限了他的视野；也可能，东晋的天下还很稳固，当权者对他的排挤还会持续到某个时候，他别想"翻身做主人"；还可能，他永远不会接受封建那一套"礼"的理论。因而，他只有在"陷落"后"拯救"自己的灵魂。可悲的是，他永远不能东山再起。当然，他也不会在那唯一的至高无上的权威之下屈身，而对身后的人"居高临下"。

如果能从"陷落"岁月的"苦难"组图里，经过思索，发现解决矛盾的理论的话，我想那就是：脊梁是在与卑微的心理较量的过程中挺直的。新的时代，个人的"陷落"是可以经过自强不息的拼搏而达到"拯救"的目的的。

爱
情
幻
想

一、寻找天堂

那是一段难以翻越的路途，他只能徒步穿越。从这里到天堂的道路上没有伴侣，他只身一人不分白天黑夜默默赶路。人们不能理解他，只有他心里清楚自己的目标、前程和希望。

黑夜来临时分，他坐在一个未知湖名的地方休息。那湖水两岸有青青树林，这是无比美丽的一处风景。每到傍晚时分，有许多情侣在这里聚会、跳舞，他们带来了许多美丽动听的歌声和优美的舞蹈，以及好吃的点心。这就是迷人的天堂吗？

他想起了许多昔日的同学，他知道他们正在享受幸福的时光。也许，刚才他们还在湖边的篝火旁跳舞、唱歌、吃点心呢。另外一些人坐着豪华大巴去远处旅游，他仿佛听见他们欢快的笑声和车内播放的舒缓而深情的歌声。可是，这些人已经远去，幸福的人群里没有他。他坐在这个曾经繁华的，却异常空虚的，美丽的湖边，只能默默品尝着失落的滋味。

他要去寻找天堂，他要去那美丽的湖边，和人群一起舞蹈、歌唱。但是，这是寒冷的冬天，他想起了自己身上还没有穿上棉衣，很冷，也很饿。小时候他读过那个童话，那可怜的卖火柴的小女孩让他流泪不止。他知道，她是想吃点东西，想穿一点衣服，好活下去，可是她还是又冷又饿地死去。她的奶奶在天堂里接她，这只是安慰人的假话，或者说是人们的美好幻想。

他得坚持下去，他要寻找天堂里的美好爱情。他不能像那个卖火柴的小女孩一样最终失去一切。他不能后退，只要活着。在一处屋檐下，他坐了下来。这里背风，他不再感到刺骨的寒冷。他仿佛听见一个预言："坚持，走到尽头，你就会找到天堂。那里有你的美丽而纯洁的恋人。"爷爷去世那年好像告诉过他："你要得到美丽而纯洁的女孩的爱情，就必须做一个纯洁而高尚的人。争取仿佛天堂般美好的生活，你必须坚持。"他将信将疑。对美好的爱情的渴望使他相信了这个预言。于是，他又起身出发了。

二、红衣女孩

那是一辆美丽小巧的摩托车，一个红衣女孩坐在车上。风吹起她的长发，飘逸秀美。但是，这些很快就消失在他的视线里。他想，也许这就是他理想的恋人。

如果人能够脱胎换骨，他宁愿永远在这里等候那一刻的到来。因为，他知道在这个世界上，自己有一些"瑕疵"，他也许没有资格去选择这样纯洁美丽的女孩。

不知过了多久，月亮出现在天空中。他抬头看着月亮，传说中那个美丽的仙女在月宫中徘徊。他知道，这只是一个美丽而忧伤的神话。

周围一片寂静，他继续向前走。他多么希望能够再次见到那个红衣女孩。他在寻找，不管跨过这段距离要几十年时光。他下定决心，即使等待千年他也无悔。

三、归　宿

从国外学成归来，他的一只皮箱里装满了他写的书。他来到了这座世界上最美的山上，这里有无数火红的枫叶在随风轻轻飘舞，阳光灿烂，芳香的气息弥漫在山间的角角落落。这是真正的天堂。在经历了那次寻找天堂之后，十年了，他终于和红衣女孩一起走在这山间的枫树下，他终于实现了脱胎换骨，成了一个英姿飒爽的青年。

从巢山到大龙山

一、旧日心情萌发

一种感伤的旧日心情又一次萌发。

从巢山脚下来到大龙山脚下，我还是没有忘记蹉跎岁月中的痛。一个人是不能忘记历史，不能忘记过去的。在这个秋天，我料想巢山脚下的茅草已经枯了。在凌晨，那条两边是半人多高的茅草的山间小路上，少了一个触物伤情的人。也许，有人说，这是自我折磨。但当"忆苦"成了一个人的生活内容时，他也许已经有了追求幸福的强大动力——拯救自己，从苦难中拯救自己。

有人在夜里吹起幽怨的笛声，我已经多年不曾听过那旋律。就在这个城市，1991年的夜晚，也有幽怨的笛声传来，一样的旋律。时光流逝了20多年，现在这里的吹笛人也许不会重复那样的人生旅程。

"再回首，云遮断归途；再回首，荆棘密布。"那熟悉的歌声在我脑中盘旋。不能，不愿，也不必回去。但是回忆是割不断的：那不眠的夜里，昏黄的灯光下，我问"你冷吗？"我伸手握住你的手，但你很快挣脱。我的凝视是否太过于火热？所以，你决定走了，"明儿见!"转身你消失在深秋的夜幕中。你说我像雾像雨又像风，你说我像罩着一层神秘的面纱，你最后说我们的故事像一场梦。

其实，在我的心里，有一种纯真的憧憬。可是，到如今，那纯真的憧憬也已经成了"一场梦"。

何时梦醒？仿佛遥遥无期。

二、距离与冷漠

在校园里，矜持的面孔在秋天的阳光下闪烁着青春的光彩。我知道也许每个人心中都有一个梦，一个关于爱情或者事业的梦。这个梦离现实很遥远很遥远，身边的人太平凡、太普通。

那天有个同学到我身边和我打招呼，我十分感动；又有一个同学问我吃饭了吗，我也十分感动。如果距离因为一句问候而缩短，那么矜持的面孔下可能掩饰着一种亲切的关怀——一种不易表达的关怀。我曾经担心，我的关心他们会全不在意，我的友好会碰上冰冷的钉子，而后，徒自伤悲，顾影自怜。

我在早晨清新的空气中独行，匆匆脚步迎着朝阳的方向，心情在寂静中飞扬，因为我在寂静中找到了自我，在喧嚣中淹没的顽强独立的自我。

我不喜欢距离感的增加，也不喜欢冷漠感的传染，但我更不喜欢喧嚣中的迷失。

看滚滚红尘中，无数俊男靓女上演的悲欢故事，看沉浮于世的众生沧桑；看孤灯照耀下，冰冷的窗台前，遁世者的冷漠表情下对是非荣辱的麻木与回避。

三、登顶黄山

大客车的灯光射入黎明前的黑暗，我看见薄薄的雾气中涌动的人流，近五百米的路程我们走了近两个小时。

有人在悬崖边的单行道上逆行，她们开始走回头路，也许因为她们意识到前路漫漫，望而却步。

午时，我们到达光明顶。在悬崖上看来时的路，触目惊心——原来我们经过的是一条高危路线，时而在夹缝中，时而在山之巅，时而在峭壁上。

下山在腿疼中进行，原来使人步步维艰的并不是攀越与追赶，而是坚持与执着。

下午四点，我们回到起点——那个黎明之际出发的地方，那里即将是灯火阑珊。归途上的人啊，你们到底向往什么样的生活呢？在平淡中对激情的渴望能让人理解，在浮华中悄悄地沉迷异常危险。

四、一床羽绒被

窗外的风吹来了渐进秋凉的消息。这时，我已经在宿舍的床上铺上了一层暖和的羽绒被。

这床羽绒被是在2009年冬天从罡中的送别宴会上带回来的。

记得那是一个有雪的冬夜，我应邀参加罡中的送别宴会。我没有喝酒，也没有说话，只是沉默地看着对面座位上的那个女生，她也是应邀参加这个送别宴会的。其实，不是我有意看着她，是因为我的目光无处着落，就这样空空地盯着我的前方。宴会终于结束了，我发动我的车子，准备离开这里。忽然，我被叫住，有人送过来一床羽绒被——包装得很齐整的高级羽绒被。我知道，这是一种温暖的表示，尤其在冬天，在这个分别的节点上，送被子代表了一种关怀——别让外面冷酷的世界冻着你了。

回来的路上，我开车迎着薄薄的雪花在江堤上缓缓行驶，雪花在车灯前飘落。我异常轻松，仿佛卸下了十多年来千斤沉重的负荷，奔驰在回去的路上。漫漫长路，但我不觉得时间漫长，因为我开始了一个新的旅程，一个充满了希望的旅程。

在这个秋天，我把这床羽绒被带到了学校。我每天拥被而眠，想着过去十几年间在罡中发生的故事。我时常提醒自己，不要忘记过去的苦痛。虽然，这会像饮下一杯烈酒一样，苦而且辣，但是，事后会有温暖慢慢弥漫过来。只有常常在苦忆中度过，才会有突破的希望，那强烈的对快乐和幸福的渴望会成为自我拯救的强大动力。

今后，不管走到哪里，我都会记住这床羽绒被给我带来的所有人生体悟，包括对苦难的态度，包括对幸福的理解。

五、素色风景

一件黑色风衣和一条深色长裤，黑色长发飘飘扬扬，她骑着单车从校园小路上飞驰而过。风撩起黑色风衣的衣角，她飘逸得像一只黑蝴蝶从我身边飞过，留给我丰富的想象空间。她的美丽在这个秋天的校园里留下了深深的印迹，在一个旁观者的脑海中定格成了一个永恒的记忆。

在人丛中，你看熙熙攘攘的是各种心情各种姿势的人们。如果你心情很好，在某一瞬间，你把握住了一个镜头，这个镜头给你带来诸多想象。就如那穿着素色风衣的女孩，她的身份是什么？她的风衣是她的男友送的吗，还是她的家庭很富有呢？

去年，我在凌晨有淡淡雾气的街头独行，看见一个女孩背着吉他骑着单车缓缓行驶。那个女孩也是一身素色服饰，黑色的羽绒服，黑色的皮靴，黑色的吉他包。她从我身边一下子就过去了。那时候，我还没有进这个校园读书。我想象着这个女孩也许是校园里的音乐爱好者。她只身一人，独行在凌晨有淡淡雾气的街头。这给了我丰富的想象空间：在这个喧嚣的都市里，一个静静地弹着吉他的女孩，她想去往何方？她的知音在哪？目送着她在凌晨淡淡的雾气中离去，我想起了自己：我也在凌晨的街头独行，我知道，也许那个女孩有着孤单而高贵的心灵，然而，她不觉得孤单，因为有琴相伴。我呢？我也可以这样一个人走在街头而不觉得孤单，因为我有书相伴。

当渡口的客船拉响清晨第一声汽笛的时候，横跨长江两岸的巍峨的大桥上已经有了穿梭不息的车流奔涌。对于这一切，江南某一个口岸的滨江花园里散步的闲人是熟视无睹的。只有在九月的某个傍晚，风从北方吹来，他们才略感凉意，开始谈起今年的收成和各自的家庭情况。

入夏以来的闷热似乎与这个江南小镇藕断丝连，欲罢未消。天空总是灰蒙蒙的，欲晴未晴，欲雨未雨。终于，九月的北风带来了一点点秋的气息，人们却又开始担心这点儿秋意会在明晨的雾霭中消失殆尽。

当北风从江南的田野拂过，已经泛黄的稻田里农人踪迹稀少，不见了扛着锄头，穿着土布衣裤的疲劳的农民结队奔赴田间，不见了横幅标语和呼喊口号的人群，不见了笨拙的牛车拉着稻谷缓缓走下田埂。行驶在马路中央的拖拉机正满载化肥，一直向农家小院开去。当北风从江南连绵起伏的丘陵拂过，绿意顿时鲜活地跃动起来。散布在山脚的院落里，柿子正渐渐结实起来，沉甸甸地垂在枝头。橘子已经饱含汁水，桂花散落一地，弥漫出一阵阵芳香。一个年轻人跨上一辆摩托车，然后在水泥小路上像风一样驶过，仅留下一缕轻烟。

　　风从村口的小庙里吹来香火的气息。有人从轿车里走下来，径直走上台阶，进入小庙的正门。庙门前的老树上，留下近百年香火燃烧的气息。背依老树的人祈祷幸福的降临。若干岁月的庙里，老妇人正给人们讲着她消灾得福的经过。她向善的追求引来众人的唏嘘。夜晚，北风从窗户吹进来，案台上烛光摇曳，供果散发着香味，守庙的老妇人正在串着一串串佛珠。累了，她会在庙外灰黄色的围墙下走几个来回，看看秋月洒落的一地银色的光辉。这时风更紧了，朝拜的人早已纷纷散去，但求祷之声似乎还在佛像前回响不绝。

　　城市的夜晚睁开了眼睛，有一层薄雾一样的物质笼罩在人们的头上和身上。当北风拂过这座城市，一切都挣不脱它的抚摸。夜变得更加透明。无家可归的人蜷缩在街头一隅，等待路人的施予。疲倦的旅人正在做着归家的梦，回想着家人温暖的叮咛。KTV醒目的霓虹灯正在闪烁，让人产生错觉，似乎整个城市的灯光都被北风吹得闪烁起来。再过一阵子，一阵紧似一阵的北风就会吹灭整个城市的灯光，让这个饱经炎热之苦的城市沉浸在凉意中，直到它觉得寒冷。

　　案前苦读的少年披上母亲给他的一件外套。窗外传来同伴的呼声，他打开窗户，应了一声。北风从窗外吹进来，略感舒适。这时正是读书的好时光。滨江花园的草丛中，夜虫正在鸣叫，柔和的灯光铺洒一地。他想起，"月落乌啼霜满天，江枫渔火对愁眠。"江南少年梦的情怀因诗萌动，它摒弃了强大的压力，它来自一种诗意生活的体验。北风中，江南少年的梦想蕴含在诗的意境中，随着时光流逝，飞得越来越远。

　　当北风从江南拂过，山的青黛不改，田野将变换颜色，江南小庙中的香火依然旺盛，城市的灯火闪烁不停，江南小镇上的少年打开了窗户……浩浩长江上泛起白浪，朝阳涂红了浪花朵朵，江南的风貌因之生动。

东
郊
旧
事

位于东郊某个十字路口的餐馆的二楼栏杆上，依栏而靠的人如雨的泪水洒落在橘黄的灯光中。这已经成为旧日的梦境。当年的餐馆里那么多男生女生在分别的时刻哭泣着，校园的一角整夜响着断断续续的长箫的声音。

无论买多么贵的票，也返不回当年的东郊。课堂上《再别康桥》激起的心灵的浪花，如同从江南那个城市到这座古城的客轮掀起的浪花一样欢快；《恋曲1990》的深情旋律在广播里回响不绝，催醒了早睡的少年，萌动了少年心中的情思；校运会开幕式上，响起了雄壮的国歌声，有人激动地哭了；熟悉而糟糕的工厂的气息弥漫在校园中；冬季的星期天是踏雪的好时候……

忘了吧！捕蝉时代的乡村岁月。在树下支起一张桌子，这是写字的好地方，在蝉的叫声里思维更加敏捷；乘木筏出门，穿过小河到对岸或者干脆拉起一张小网，捕些小虾上来；在姑姑房里偷来小人书细细品读，他觉得《拂晓的枪声》中的主人公如此英俊；吼一声信天游，从田间小路上飞跑回家，然后"咕咚咕咚"喝一阵冰凉的茶水；深夜看完露天电影回家，小伙伴说别怕。无论贴多少邮票，也邮不回那个时代的快乐。

当年的江汉号客轮载着他的迷茫的梦想劈波斩浪驶向安庆，那旧日的快乐被压在箱底，想翻也翻不动，正如盛开了一个春天的杜鹃花一样，在这个季节谢幕，被迫忘记迎风飞舞的飒爽英姿。

不要再想起她和他一起肩并肩在校园漫步，不要再想起她和他坐在校园的石凳上一起吹箫。如果没有教室铁门外的一夜相守，没有那伸手一触手指的激动，那么，二十多年的思念便没有了理由。当年在踏上客轮船舷时，梦想似乎在胸中渐渐形成模糊的影子，目标依稀可辨，无法预料的是在云雾的笼罩之下，因为险恶的礁石的阻拦或者舵手的昏昏欲睡而误了航程。

无论用多少胶水，也贴不完整那被剪碎了的临别赠言。青春年少的稚嫩的肩膀担不起未来的重担，那幼稚的思想是所有后来失意的源头。是否，这印证了一种预言：美好的事物会在少年时代诞生，也会在少年时代夭亡，而又在后来被发掘出来，发现了它的价值，再在后来有限的时光中去补救，甚至去重新寻找，并自始至终不相信失败的命运？被剪碎了的临别赠言随风飘散在东郊的校园里，她失望的眼神掠过那些碎片，往日的情谊也随风消逝。

没有重逢，却有她成功的消息。这是对他堕落的心灵的一次鞭策。不是重重的伤心，而是深深的觉醒。在失意中沉沦太久，几乎忘记了旧日岁月里依然闪亮着的若干快乐的碎片。其实，这些碎片正是一种理想的力量在召唤着一颗沉沦的心灵。告别憧憬的童年，告别迷茫的少年，告别悸痛的青年，时光又把拯救的使命交给了中年。

无论用多么大的声音，也唤不回东郊江边消逝的诗人的心魂。最初的诗人般的心灵里没有一丝杂质，浪漫纯洁天真。然而现实的重击使它在一刹那间粉碎。诗人之心奄奄一息，在重压之下苦苦挣扎。在当年东郊的江边，他流下了脆弱的泪水。如果有一天，他的梦想不再如江汉号客轮上那样模糊不辨，而是伸手可触，那么，他愿意再去那江边，去祭奠那个消逝了的最初的诗人的心魂，又在某个季节，在一个寂静的教堂里，祈祷他的诗心的复活与永生。

　　分别晚宴上的祝词还在耳边响起，那两个搂抱在一起的男生互相诉说着心声。也许，今夜还会有长箫在东郊那个角落响起它幽咽的声音，但那已不是为他，他梦中的箫声已经断绝在二十多年前东郊的那个角落。

没有爱情的日子

传说中美人鱼为了得到王子的爱情忍痛割掉尾巴，并把动听的嗓音交给女巫。为了爱情，身体的痛苦又算得了什么！在漫长的孤单的生命旅程中，她也许不止一次地期盼爱情的降临，她日日夜夜的梦想终于在这一天以悲壮的方式实现。这不是残缺的爱情，而是羽化的爱情。羡慕着人类爱情的高洁与温存，羡慕着人类爱情的超越生死，这羡慕之情足以鼓起美人鱼忍受身体痛苦的勇气。

一个人在长达十几年的孤独时光中煎熬，心中饱含无爱的苦涩。在充满柔和灯光的餐厅里，身边是卿卿我我的伴侣；在流动的火车车厢里，邻座是一对相依相偎的年轻人；豪华的街头，匆匆瞥见的是携手相伴的情侣……一种相伴相随才有的幸福情愫浮现在他们的脸上和眼睛里。他们的姿势多么优美，多么柔情。

浪漫爱情的歌声是孤独岁月里心灵的滋润。"军港的夜啊，静悄悄"，唱的是姑娘对水兵的爱情。它深藏心底，毫不做作，我经常在梦中陶醉在这种旋律中。

晨间雾霭中阁楼下的漫步是孤独岁月中心灵的最好调养。铁门外的小树小草在摇曳着露珠，铁门里的枇杷树宽大的叶子在晨风中摇摆，不知名的红色花朵点缀着这片宿舍空地。晨间的漫步，是一次心灵的澄静修炼。我在漫步中思考人生和将来，渐渐地清醒起来，并积极地计划着自己未来的行动。我即将开始一天的学习，这种晨间的修炼可以提供一天的学习动力。

在内心深处，我把这片校园当成了我梦中天堂的所在。你看，路边的草坪上，紫色的树叶上，有薄薄的雪痕，那是冬天到来的标志，冬天是最富有童话色彩的季节。在教室外的一个角落，她招呼我停下，问了我一个问题。她富于情意的眼波很快地从我眼前流淌过去，不等我回头问一句"你还有别的事吗"就结束了这次流星般的际会。当然这不是爱情，只是一个童话般的瞬间，但值得我回想很久，并在回想中主观地赋予它更加丰富的内涵。

剑桥康河里，那位多才多情的诗人撑着小船从水草丛中缓缓驶过，留下了几痕波纹，也留下了诗人的缕缕情思。在这里，诗人十分幸福地徜徉着。我也幻想着有一天在某个地方，灵魂得以安置，情感得到归属。我会像诗人那样，撑着小船游走在水草密布的清澈的小河中，流连忘返；或者在夕阳下长江边的某个沙滩上，静静地坐上半天。现在，当我拿着书绕着校园中的小河来回走着的时候，当我在校园中的小树林中来回穿梭的时候，我忘了自己，我把这里当成了心中的剑桥。我从心中爱上了这个地方，不舍得离开，原来，没有爱情的日子里，还有幻想安慰心灵。

凌晨四点钟的校园还是一片沉寂，当我从路灯下经过时，鼻中的气息在灯光中化作雾气散发开去。到达图书馆时，已经有人在排队等候进入。我边等图书馆管理员开门，边打开收音机听音乐，还在打量着身边背着沉甸甸书包的早起一族。他们青春靓丽，散发着蓬勃的青春气息，透射着英俊气质和漂亮风韵。读完书，当我走出图书馆大门时，朝阳已经在东边散发出火红的光芒，映红了楼下的树木和河水，一切显得生机勃勃。心灵中的希望之光不再如两年前的乡村暗淡岁月中那样几近熄灭，它又开始闪烁起来。没有爱情的日子里，还会有希望之光的闪烁。

正如断臂的维纳斯，爱情似乎是残缺的。可以残缺，但不可以变形。在没有爱情的漫长岁月中，不能让心灵在寻寻觅觅中迷失。哪怕在梦中的浪漫旋律中一遍遍咀嚼回味幻想的滋味，也不愿让心灵沉寂和沉沦在无爱的迷失中。

艰
难
的
拯
救

渐渐灿烂起来的前景

　　当父亲所在的运输船队在长江沿岸各个港口穿行时，他还很年轻。多年之后，我还在想象，船队靠岸后，他从那艘驳船下来，和几个同事在芜湖港或者其他港口附近找一家餐馆。父亲叫来几个下酒菜，几个人一起畅饮。后来，据父亲回忆说，他到过所有长江中下游沿岸的港口城市。那些港口附近的街道上都曾留下他和同事们的足迹。

　　20世纪70年代末至80年代初，父亲在运输船队工作。那时，长江中下游沿岸港口城市里，已经没有了逃荒人群。早在50年代，爷爷和奶奶带着年幼的父亲在江南小城躲避水灾。爷爷每天想方设法弄来一些口粮养活一家人。他们躲避在江南小城港口的破布棚里，直到大水退去才得以返乡。据奶奶回忆说，爷爷是靠给人家烧大锅饭才挣到一些养家的钱，还要从中拿出一部分给父亲治病。可想而知，爷爷当年受了多少苦。距那次举家逃荒之后二十年，父亲已经成家立业。他的人生旅程早早地从长江水面开始，并且延续一生。

　　父亲在船队里学会了喝酒。也许是为了抵御江上的风浪袭击，他用酒来温暖自己，以使孤寂的航程不再冷清、乏味。我不知道，当年父亲在长江沿岸港口附近的餐馆里斟满一杯酒慢慢啜饮的时候，他会不会想起他儿时和父母一起来江南逃荒时的情景，然后感慨一番，更加思念亲人和家乡。

当年父亲所在的运输船队一定到过芜湖港，父亲一定在芜湖港附近的餐馆里和他的同事们喝过几回酒。记得在我儿时，父亲从船队回家，总是会带回一些海带、带鱼、西红柿和卷心菜。他会亲自下厨，兴高采烈地烧好一顿饭，并且会叫我去喊来爷爷和几位亲戚，一大家人围坐在一起吃一顿丰盛的晚饭。第二天他便急匆匆地随船队出发开赴另一个港口。而每次父亲回家，他总是要说这带鱼是在哪里买的，这西红柿是哪里产的。而当年的芜湖港十分繁华，水产品市场上人声鼎沸。父亲和同事们悠闲地穿行在这个拥挤的街道上，和来自五湖四海的商人、工人、学生、官员、农民汇聚在一起。或许他们处在回乡的途中，从客轮上下来，来芜湖港买一些水产品回家；或许他们因公出差来芜湖，顺便来水产品市场看看热闹，挑选一些时鲜带回去。他们告别了物质匮乏的年月，脸上喜气洋洋，神采奕奕，仿佛已经隐隐约约看到了幸福和富足的希望。父亲在熙熙攘攘的人群中穿行。我猜想他已经不再感到孤寂和冷清，他因生活的繁忙和世界的丰富而感动。然后，他会挑选几样水产品，准备下次船队靠岸时带回家。这是他表达自己思乡之情的方式。

今天，我从陆路向芜湖港进发。当我踏上芜湖港时，这里一片宁静。我只能看到几艘渔民的船只泊在岸边，在风浪中微微摇晃。那些体积很小的渔船上堆积了一些鱼虾和蟹等水产品，满脸黝黑的渔民扯着嗓子向顾客报上斤两。而站在岸边的顾客抬头用余光漠视着江面上大片的粼粼波光，漫不经心地看看手中的水产品，然后心满意足地转身走上石阶，绕过江岸的栏杆……在远远的芜湖长江大桥的轮廓下，我只能看到岸边一些货船乌黑的船身，它们静静地泊

北岸的人生

在港口。三十多年前父亲来芜湖港时，这岸边的公共设施还没有建设，而港口的游人和商贾比今天要多许多。确定无疑的是，清朝时期的英国驻芜湖领事馆在距港口不远处，依然保持着它那欧式的建筑风格。可想而知，当年的英国人在这里穿梭来往，处理与清朝政府有关的经济、政治问题，因此这里曾一度热闹。现在，精致的房门边的墙壁上刻着"内思剧院"四个字，外面坐着几个闲散的穿着工作服的人。不远处就是天主教堂，庄严、肃穆的正厅里，有礼仪小姐正在为即将举行的婚礼布置礼堂。在渐渐靠近江岸的时候，旧海关赫然入目，它那民国时期的建筑风格十分醒目。那面高悬的时钟已经永远停留在20世纪上半叶它终止职能的那一刻。狭小的铁门紧闭着，它尘封了那段历史，也见证了时代的波诡云谲。在这些历史与文化古迹面前，我久久驻足，沉思冥想。

我猜想父亲当年随运输船队来芜湖港时，他没有心思去看清朝时期的英国驻芜湖领事馆，并且像我这样在这里想象一会儿；他也不曾有空去看看天主教堂，去回想一下它的由来；更不会有兴趣在旧海关前面驻足沉思一会儿。因为他和同事们只有半天的时间上岸，喝酒、逛市场已经耗费了一大半时间。时光流逝，爷爷和奶奶在江南小城逃荒时，还不曾奢望一碗饭、一杯水之外的东西；而父亲在长江沿岸不同的港口城市里穿行时，他可以坐在餐馆里，并且会因一瓶酒和几碟小菜而深深体会到生活的乐趣；如今，我和几位知己在芜湖港流连……在江南城市不同的生活体验给我们一家三代人带来了不同的感受。岁月已经渐渐滤去不易，只留下渐渐灿烂起来的前景。

美在距离中消失

　　多年前的电影《妈妈再爱我一次》催人泪下。母子相拥的一刻，美在距离中产生，美又在拥抱中升华，这种亲情怎能不令人深思良久？

　　亲情是人类美好情感的重要内容之一。美好、温馨的家庭氛围滋养着人的身体和心灵，而缺乏温馨、和谐氛围的家庭则令人忧愁、苦恼。对美好亲情的渴望伴随着对胸怀宽广、知书识礼的父辈品格的期待一直使我处在深深的纠结中。因文化差异带来的思想冲突时刻存在，我无法摆脱因受之影响而产生的复杂难言的困惑。对我而言，这不仅是一种阴影，而且是一种焦虑。

　　巴金笔下的觉慧因与父辈冲突，离家出走。我与父亲没有这样严重的冲突，我无需采取如此决绝的行动。但是无法否认，精神意义上的需求与满足对父辈来说，是微不足道的。我的理想、追求，我对自己人生处境的认识与我为了改变自己的境遇而做出的努力……这些我都无法与父亲沟通。父亲没有接受过太多的教育。可是，这样一个时代，正是促使人们思考的时代。当年，多少青年人怀揣理想，重拾书本，走出狭小的田垄。他们胸怀天下，眼光长远，终于成为社会的中流砥柱。我无法苛求父亲，也许当年我的祖辈没有给他创造条件，或许他本不想走出去，也不能走出去，因为当时他已经有了三个子女。外面的变化带来的新思想、新讯息只是成了父亲日常生活中一些谈资。父亲的同辈人中，有些人选择了理想，父亲选择了土地，选择了家庭。任何选择，都是个人的自由。父亲反对为改变现状所做的努力。在固执的坚守中，他要求后代也固执地坚守，而全然没有想到自己固执的坚守后的状况不尽如人意。

后来，我几乎不能跟父亲交流了。在我看来，对文化的追求包含了一种精神意义上的成长，他无法理解。他要求子女对他言听计从。这就使我和他之间的交流和沟通产生了严重障碍。他对后代并不自私。他曾用辛勤劳动换来我们的生存和成长。可是，几乎是出于本能的，他反对我们的一切对理想的追求。其实，这正是我最重要的关切所在。失去这个最重要的关切——追求理想，我的人生将毫无生气。也许，他在年轻时不曾抱怨自己的劳苦，现在他还是不会抱怨自己的劳苦。可是，在他即将老去的心灵里，他已经彻底拒绝了改变。也许，他也会暗暗思考父子无法沟通的原因。也许，出于本能的"家长意识"，他不曾思考过这个问题，只是觉得他已经不喜欢我这个孩子了，于是对我天天瞪眼，说话粗声粗气。

我尝试着去改变现状。我不能采取决绝的办法，看到玉上的一点黑斑便否定整块玉的美。想到这里我眼前一亮，我觉得沟通是解决问题的最好办法。于是，我在假期和父亲一起劳动。在夏日的骄阳里，我也在体验劳苦，从而会想起父亲的过去，在劳苦的心境中怎能产生浪漫的理想？选择了土地，就意味着一切几乎不能改变。这时，我开始理解父亲了。也许，正是这种思维定势影响了他对我追求理想的行为方式的态度。我是否可以理解他呢？封建家长制的残酷影响在20世纪前期已渐渐绝迹。那时，追求个性解放的青年决绝果敢，这是由社会和家庭现状引起的。而今，在共同发展与进步的主题下，父辈与后代的冲突只是具体的行为方式和不同观点之间的冲突，没有伤害与被伤害、压制与被压制这类根本的冲突。这些问题也许可以通过沟通和交流得到缓解。

我不仅和父亲一起劳动，还为家人做饭。假期，我抱来柴禾，在家里的灶间点燃。通红的火苗映红了我的脸庞，我体会到劳动带来的充实和踏实的感觉，并为我的劳动将会给父亲和家人带来快乐而欣慰。我烧好饭菜，父亲也已经回家，看到他能吃上现成的饭菜，我的劳动有了价值和意义，我特别快乐。可是，我们还是不说话。我有时觉得我们很陌生，偶尔会有一种浓浓亲情的感觉。可能还是我少年时代留存下来的一些温暖的回忆产生了作用。

当距离产生的时候，亲情也许会更加浓烈，因为他们在爱着对方。可是，当双方都刻意拉开距离，那么，亲情就逊色不少，甚至消失得无影无踪。如果有一天，我和父亲能一起走在黄昏的江岸，看着东去的江水，想起那美好的时光正在逝去，一定会猛然醒悟，觉得应该珍惜今天的彼此相守。

心灵的障碍

在家乡，一个长江沿岸的小洲上，至今仍延续着保守意识与变革精神的矛盾与冲突。老一辈的愿望是温饱和知足，对创造和变革的意义不曾意识，或者不愿面对甚至蔑视。年轻一代的梦多种多样，精英分子总是将目光投向远方，投向世界。

20世纪90年代初，一群朝气蓬勃的少年聚在简陋的校舍里刻苦攻读，他们创造了这所学校的辉煌。而我作为他们中的一员，也经历了少年生涯中激情澎湃的时刻。在面临人生的关键选择时，许多人主动选择读中专，以便迅速投入工作。另一部分人选择了更远的目标，去读高中，以求将来进入大学，实现更宏伟的理想。这种形势摆在我们面前，它向我和一批彷徨的人提出了尖锐的问题：怎么办？

小进的中考成绩完全可以读重点高中。他的父亲是一位地道的农民，认为家里穷，没钱读高中。他要求小进读中专，而小进坚持要读重点高中。于是，两代人产生了尖锐的矛盾。如果小进意志脆弱，他就会妥协。小进想了一个办法，他找到初中语文老师，向他陈述了自己的想法，表示可以贷款读书，以后由他自己还贷。他就这样说服了这位老师。于是老师找到小进的父亲，做了他的思想工作。这样，小进才如愿进了重点高中。现在，小进已经在美国定居。他在事业上是成功的，这是由他的素质、理想、智慧等因素共同决定的。

面对与父辈的思想冲突，小进采取了机智的处理方法。他一方面稳住父亲，一方面找到解决经费的办法。这是需要智慧和勇气的。在一个少年的心灵里，有一种对美好未来的渴望，这种渴望是属于他自己的。而在一颗保守僵滞的心灵空间里，容不下这巨大的渴望，它瞻望、畏缩，因此难以接纳狭窄空间外的风风雨雨和灿烂的阳光。

当年我遇到了和小进类似的情况。我的家庭比较贫困，在初中三年里，我一直生活在一种沉闷的家庭环境中。但幸好，我有老师的鼓励和同学的陪伴。因此，我能在一种昂扬的精神状态中读书。可是，在1991年7月，面对祖辈与父辈的重压，我喘不过气来。他们要求我读中专，并诱使我相信他们那一套理论，同时对我施加压力。他们甚至不等我完整表达自己关于未来的想法便粗暴干预。与小进不同，我妥协了，这为我后来的人生遇挫埋下了种子。

值得一提的是，小进已经远离家乡，同时也远离了父辈的干预，他以智慧和勇敢获得了胜利。而我呢？我与父辈在价值观上的冲突至今存在。在互相关联的生活体系里，我面临着与1991年相似的情形。不过，这次我已经有了一些经验。也许，在两代人的思想冲突中，小进和我仅仅是两个个例。但无法回避的一个问题是：为什么会这样？在一个相对封闭的农耕社会环境中，老一辈农民经历的是生存的艰难，他们曾以生存为最高的人生理想。同时，他们文化知识有限，没有能力了解社会以至世界的发展，因此缺乏远大的见识和宽广的胸怀，以现代知识分子的标准来要求他们是荒谬的。

北岸的人生

那么，面对思想冲突与斗争，我和相同处境的人们便面临着关于协调和沟通的挑战。当然，在我长大成人后，这就显得相对次要了。不过，总是让人回首心惊。也许，我们的下一代也会和我们产生思想冲突。这时，我们都会因为亲身经历而有了一些经验。确定无疑的是，我们不能放弃尊重和爱，不能放弃沟通和宽容。但愿，若干年后，封闭的小洲上，两代人之间的保守意识和变革精神的矛盾冲突不会重演。

在通向远方的道路上，小进成功地越过与父辈心灵之间的障碍，他如愿以偿；而我，在向远方的艰难跋涉中，只有来自心灵的自我勉励可以增强力量。

别让青春在阴郁中黯然失色

　　同学们的眼神中都流露出一种忧郁的神色。三年的读书生活结束了，现在是选择人生之路的时候。也许，前路不曾料想，生存问题还不能得到很好的解决。也许，考博失败了，公务员、事业单位考试也没有成功。希望在倏忽间逝去，只留下渺茫的期待。从迎面走来的人群里，听不到笑声，看不到轻快的表情，一种对前程的忧虑情绪笼罩着我们。

　　我是这个群体中的一员，我有和大家一样的忧虑。坐在图书馆里，目光掠过厚厚的书本，我的心中产生了一种深深的纠结。我是选择读书还是工作？哪一条路更适合我？如果选择读书，想成为知识精英，我的能力够吗？这些问题我都不能很好解决。

　　在另一片天地里，存在着火热的青春激情。乒乓球台上，年轻的对手们正在认真切磋球技。男生和女生配合得十分默契，在几局终了之后，他们坐在一起谈笑风生，脸庞上洋溢着青春的热情，神采飞扬。在另一边，打排球的姑娘、小伙们正在跳跃，时而有叫好声传来。他们姣好的身姿在球场里显示着不凡的青春魅力。当排球飞快地越过球网的时候，所有注视的目光都聚焦在这个小球上，炯炯的眼神透射出热力和锋芒。不远处的健身会所里，姑娘、小伙子们在铿锵的乐声里舞蹈，拉丁舞、爵士舞、街舞交替上演，姑娘们乌黑的长发随着跳动的节奏飞扬。

阴郁的表情和火热的青春形成鲜明的对比。我常常惊奇于这里的世界，阴郁和热情并存，它们相距遥远，可是又如此接近。记得歌德曾经说过，只有每天争取自由与生存，才会有享受它们的权利。也许，阴郁产生于为了自由和生存的奋斗遇挫以及由此带来的压力。而火热的青春离开了为了自由和生存的奋斗，仍会美丽地绽放，不过可能像鲜花一样只有短暂的生命。

能否让为了自由和生存而奋斗的人脸上多一些神采？也许这不能仅仅依靠命运之神的垂青——在竞争中成功，而是要让青春的热情激起奋斗的力量。因为事业的春天比生命的春天更长久，事业的进步还能促进生命价值的提升。在这里，会有美妙的心灵体验——纯洁、爱与理想的萌芽。所以，青春的激情可以以它的光芒照耀因事业奋斗遇挫产生的阴郁黑暗的心灵角落，温暖潮湿的心情。

也许，为了自由和生存的奋斗只是一个过程，而幸福才是目的。一段时间里坐进书斋，一段时间里走进球场。这样，青春就不会在阴郁中黯然失色。

在审视的目光中微笑转身

在答辩委员会的委员们审视的目光中，我完成了硕士论文答辩。当我从桌边站起来转过身，一种轻松感油然而生，我情不自禁地露出微笑。多年来，没有人能从我脸上发现这种由内心的轻松萌发的微笑。就像雨果在《艾那尼》中说的那样，眼泪总是多于幸福的微笑。一次发自内心的微笑，得等待多少年才会出现？

当鲜红的朝霞投射在教室的玻璃窗上时，空气还十分凛冽。这是在2012年12月的文苑楼。老师在讲台上滔滔不绝地讲课，跟他目光的交流让人心里感到十分踏实而温暖。同学们挤在冬日的教室里，气氛十分温馨。下课的时候，当我拎着包踱下楼梯走上校园小路时，心中充满一种憧憬，一种对拥有知识之后改变命运的希望。同时，我的心中又充满着一种骄傲，我相信自己是不平凡的，尽管曾经陷落在困苦的沙砾之中，但我的精神不曾因沙砾的掩埋而失去光泽。所以，当我拒绝一个卑微的念头侵扰、摒弃一个凡俗的观念影响时，我就从困苦的沙砾中挣脱一步。我精神的光泽离闪亮的一刻不再遥远。一切正在起步。艰辛的工作仿佛一个个驿站等待我到达与超越。

我在小河边的林子里来回漫步，时而坐在岸边的石头上，脑子里在酝酿论文开题的计划，我忘了周围的一切，也忘了自己。2013年12月的时候，我在早上5点多起床，在校园里走上一圈，一边整理自己的思绪，一边等候教室里的灯亮起。路灯下的寒气凝结成雾气打湿了我的头发，这时候校园里冷冷清清的，但这种冷清的感觉瞬间被心中满满的焦灼感覆盖起来。小河对岸耸立着逸夫图书馆高大的影子，我坐在这里，觉得异常空旷，仿佛一下子看到自己的浅陋，心中顿生不安。每次从书架上借走大本大本的书籍，这才可以稍稍填充一下我心中的不实感。浮躁是因为自觉浅陋后的不安与消沉，我不知道是我自己心中浮躁，还是周围环境浮躁。在读了一些书之后，我又产生了深深的焦虑，并不断地在读书和思考中与之搏斗。

2014年年底，在两个半月的论文写作中，我常常睡不安稳，甚至在睡眠中脑子里都在进行着一些理论建构方面的思考。在论文写作之前，我的导师已经就论文构思跟我进行了多次沟通。可是在写作时，我推翻了原计划，建立了新的写作框架。论文完成后，导师又跟我进行多次沟通，提出了许多修改意见。我大部分按照导师的意见修改，有时坚持自己的意见。我的导师是一位有多年教龄、经验丰富的教授，她对我能坚持自己的意见表示肯定，这是一种民主。我的导师在指导写作策略时很有见地，她以负责的精神指导我的论文写作和修改，这种指导耗费了她大量精力。她对我的批评使我深感不安，她对我的肯定也使我倍感欣慰。

答辩委员会的委员们以严肃的目光盯着我。我将三年的读书和思考的情况进行总结后作出书面汇报，他们从不同的视角提出了批评，同时也有肯定和赞许。最后，答辩委员会主席以赞许的态度肯定了我的论文，他以"细腻、视野开阔"作为对我的评语。于是，我深呼吸，内心放松，在起立转身的时候，微笑从内心荡漾到脸上。

这微笑驱散了我心中的焦虑和不安。我在寻找高贵的精神和以知识改变命运的生命旅程中，这微笑以一种比较圆满的方式结束了整个旅程中的一个阶段。

　　当朝霞的金色光芒笼罩了村前的小河和树林时，母亲已经开始了一天的活动。她先燃起三柱檀香，在楼上小屋里诵一遍佛经，完成她的早课。接着烧好早饭，然后去田间料理庄稼。这时夏日的阳光已经很炙热了，偶尔吹来的微风带来了泥土和庄稼混合的气息，潮湿而略带芳香。

　　母亲习惯在早上焚香与诵经。记得当年在楼上小屋里供上佛像的那天，母亲邀请了一位住持举行了一个简单的仪式。我经不住母亲的一再要求，也勉强参加了这个仪式。那位住持一边将"金水"洒在我的身上，一边念叨佛经。不知为什么，我在以后的日子里，和神有关的梦境经常出现，也许是受母亲拜佛活动的影响。

　　母亲拜佛是受周围大娘们的影响，她说她拜佛是为了求家人平安。当然，她没有佛学专家们的高深学识，也没有"学佛是为了心灵的修炼"这样的认识。她的目的是朴素而狭隘的。也许，"保平安"是周围大娘们拜佛的共同目的。大娘们经常邀请母亲和她们一起去寺庙参加活动，她们捐款、吃斋饭、敬香，甚至不辞辛苦长途奔波。

　　一位大娘的大儿子患了心脏病，医院认为病因不明无法医治，只好让其回家休养。大娘便日日夜夜求佛诵经，她相信求佛能缓解甚至治疗儿子的病，并要求儿子也念佛。一段时间以后，据说大娘儿子的病有了很大好转。真是佛祖显灵了吗？我不曾知晓。大娘的小儿子在上海办了工厂，投资不菲。大娘也教导小儿子拜佛。现在，她的小儿子皈依成了居士，时常敬香，信佛念佛。也许真如佛典上所说，家乡的大娘们的美好心愿似乎已经通过不息的香火传递给了上天的神明——她们是那样执着地表达自己朴素的愿望。

在社会竞争日益激烈的时代，年轻人的生存和发展面临着巨大考验，他们的身心都遭到重压。于是，她们为孩子们担忧，甚至焦虑。可是，一辈子在土地上挣扎的老一辈农民能有多远多高的见识呢？她们又有多大的能力呢？面对孩子们的生存现状，她们只能是爱莫能助。终于，她们找到自己的"援助"方式。家乡的大娘们为孩子们焦虑，她们曾经将自己的关怀和爱护倾注在子女们身上，为他们的成长担忧。现在，子女们已经长大，面临生存和发展的挑战，大娘们便用一种超越世俗的方式，向佛皈依，力求得到他们的护佑。这是母亲们对子女关爱的一种表达方式，虽然有些虚幻。其实，远在异地的子女们知道母亲日夜不停地祷告平安，如果他们和母亲有一种心灵感应，那么，他们会在复杂的世事中更加自律和自勉，力求以实际的思想和行动避免灾祸。

母亲在早上的焚香与诵经之后，便开始了一天的劳作。无论冬夏，田间的事务总是很多，没有停歇的时候。母亲时常匆匆忙忙，早出晚归。每年夏季，是收割玉米的时候。母亲早起将玉米棒摘下堆积。上午九点左右，我便从家里出发。在炙热的阳光中，我感到一些不适，但田野里的风是清新的，时而拂过面颊带来凉意。于是，我便因劳动而感到踏实，并因劳动带来生存的保障而欣慰。这时，我便和母亲一起将玉米棒装进袋子，由我扛起放上板车，运回家后暴晒几天，便可脱粒。脱粒时，母亲叫一位大叔带来他家的脱粒机，几个小时工夫，便可完成玉米的整个脱粒程序。这时父亲在旁边协助劳动，将玉米芯分离出来。父亲在客船上担任驾驶员，业余时间在田间劳动。田间的主要劳动任务由父亲和母亲共同完成。当我看到父亲和母亲躬身的背影和吃力的动作时，顿时感到父母渐渐老了。

不仅我的父母，家乡老一代农民的体力都在繁重的劳动中渐渐枯竭。长年暴晒在烈日之下，他们皮肤黝黑。又因为节省，身体缺少营养物质的滋润，他们削瘦。而子女们的生活又令他们操心，所以，他们的眼睛和表情中多是一种焦虑和疲惫交织的神色。他们一辈子在田间劳动，很少看到他们脸上的欢笑和喜悦。孩子们在外乡打工，他们拖儿带女，也许不是很宽裕。父辈们只有以自己的辛勤劳动换来一点财富，以此养活自己渐老的生命，同时也能减轻子女们的负担。如果可能，还要贴补一下子女们的生活。多年前，他们用辛勤劳动换来一家人的生存，那时，他们年轻有为；现在，他们老了，仍然试图用辛勤的劳动改善子女们的生活，并执着地实践着自己的初衷，他们仍然老而有为。身在异乡的子女们，当他们过年回家时看到父母的鬓角又多了几根白发，额头又多了几道皱纹，甚至病了的身体无法康复时，他们会多么难受。他们是否可以用创业的成功安慰父母，或者以自己的力量作证明，来减轻父母的焦虑，甚至让年老的父母离开土地和自己一起生活，由此担当起感恩的重任。

那时，家乡的老一代农民以辛勤劳动换来子女们的健康成长。现在，孩子们长大成人，他们又以求佛和苦干延续着对下一代的关怀和爱护。我不会忘记，早晨的霞光中，小屋里晨祷的母亲的身影；我也不会忘记，无论冬夏，无论风霜雨雪，田间小路上父辈们匆匆忙忙的步履。

　　渡船慢慢靠近江心小洲时，在夕阳柔和的光影中，江面波光粼粼。小洲已经渐渐显露它清秀、疏淡的轮廓，像一艘永远抛锚在江面上的航船，历经漫长的年月都不曾被水流冲刷带走。

　　漫长的岁月延续，小洲上的人们一代一代繁衍。渐渐老去的人们怀抱年幼的孙儿在村庄里串门聊天。昔日的少年已经出门闯荡世界，并以收获了事业和爱情的果实为返乡的荣耀。与此同时，城市的面貌日新月异，众多的旧楼被拆毁，新楼正在各处像开花的芝麻节节拔高。越来越宽的马路两边，商店整修一新的橱窗里是最新的各色物品。二十多年前，小洲上的少年长大了，离开小洲，用智慧和汗水在城市开辟自己的生活。因为小洲太小，容不下他们跨越平庸的生命之坎的梦想，但小洲却将他们的一生束缚在土地之上。二十多年后，他们的下一代正在一边用好奇的目光打量着村庄和父老乡亲慈祥的脸庞，一边啜吸着牛奶，然后满足地微笑着。当年他们的父辈一边在村前的草地上割着猪草，一边在草地上打滚，然后回家"咕咚咕咚"喝上一瓢冷水，这看来也很令人感到快乐。那时，村庄里的父老乡亲们整天埋头苦干，用辛勤劳动换来一家人的温饱。泥墙的屋子里，在梅雨季节便潮湿不堪，甚至漏水。每当到了冬天，雪花飘飘的夜晚，村庄里一片寂静，隐约传来阵阵狗吠。煤油灯下，一家人聚在一起吃一顿猪油炖萝卜，然后挤在一起烤火，谈笑聊天。其实，这种氛围也挺温馨的。一年辛苦的劳作换来一家人的温饱，年终的时候享受农闲时光，这是小洲上老一辈人的快乐。

可是温饱自足的生活经不起岁月的淘洗。飞速发展的时代的要求是开创和提升，油灯下温馨的家庭已经跟不上时代的步伐，险些堕入穷愁潦倒的境地。于是，小洲青年把泥墙小屋抛在身后，将对父母的担心和思念带走，将对家乡的回忆封存心底，从水路或陆路，向全国各大城市进发。

如今，他们的孩子已经降生，在祖辈的哺育下成长。这些新世纪的少年快乐和烦恼并存，就像他们父辈的年少时光一样，只是快乐和烦恼的内容不同。时光匆匆，新世纪的少年不久就会长大，成为小洲上新一代的砥柱。命中注定，他们也会像父辈一样在小洲上度过少年时光便会离去。现在，小洲上的少年们大部分已经流向附近城市，在那里上学，只在暑假和春节回到小洲上。多年以后，他们因为有了文化而走上不同于父辈的道路。他们或许会叹息，他们的父辈因为家乡的贫穷和落后而不能受到好的教育，所以只能用苦力挣钱。他们也会感叹，父辈们用血汗为自己创造良好的读书条件，必须十分珍惜。因此，在背起行囊远去的时刻，他将在家乡的童年时光作为不可磨灭的记忆封存，将祖辈的恩情铭记心间，用对未来的憧憬、奋斗的压力和决心将对父母的思念覆盖。其实，这种回忆和感恩，思念、压力和决心，他们的父辈也曾体验过，都是成长岁月里心灵负载的重要内容。

小洲只留下新世纪的少年在祖辈呵护下的快乐记忆和老人在默默守候中的沉思和祈愿，它容不下青年奋斗的梦想。所以，她孤独而坚守。也许，人们也在期待它容颜的更改——在开放的浪潮中重获新生。她如一位饱经沧桑的母亲，以丰实水土哺育了一代代爱梦想的青年，目睹他们英姿飒爽地离去。如今，她呼唤远去的游子。她不愿仅仅听到孤独的叹息和祈愿，她需要开放时代带来关于发展进步的讯息。在四季的风中独守江心，她感到格外孤寂。

岁月的烙印

　　在木制的机帆船渐渐驶离长江北岸的码头时，夏日炙热的阳光烤出船身上油脂的香味。我和姐姐坐在有棚顶的船舱里，江面上吹来一阵阵风，巨大的马达声在江面上回荡。在绕过江心小洲的东边滩岸时，机帆船缓缓驶进狭窄的夹江，在两岸的树林中间犁开水道，各种水鸟掠过水面纷飞，蝉的叫声在林间此起彼伏，响彻小洲上空。不知什么时候，马达声停了下来，船速放慢，我和姐姐被告知可以下船了。这是三十年前，我和姐姐从长江北岸外婆家回来的经历。当年，我们搭乘一艘顺风船，历经近三个小时水路回家。长江边长大的孩子，习惯于坐船。乘船离开江心小洲到江北或江南，或者从江北、江南返回江心小洲，我和姐姐都安然无恙。我们就这样度过了年少时光。

　　我们在长江北岸的村庄里，度过了热火朝天的双抢时光。我们把一束束稻穗送到舅舅那里去捆扎，然后由他们挑上肩膀运回。一块稻田收割完毕，我们开始用机器脱粒。热烈而繁乱的收割完毕后，大人们便开始插秧，我们这些孩子们只是偶尔去田里拔拔草。夜晚，我和表哥表弟、表姐表妹们聚在电视机前，一台发出呼呼叫声的电扇为一家人带来丝丝凉意。20世纪80年代的长江北岸村庄里，人们在手工劳动里耗费着精力和智慧，这使他们摆脱了饥饿。没有了饥饿的烦恼，我和姐姐、表兄弟以及表姐妹们一起营造了属于自己的空间：田野、院落和荷塘。我们一起建立属于自己的文化：关灯卧床讲故事、猜谜语、唱流行歌曲。80年代流行的《信天游》《年轻的朋友来相会》脍炙人口。表姐会把"年轻的朋友们，我们来相会"唱得婉转动人，而我一唱"我抬头，向青天"便心情舒畅。

那时候长江两岸的农村已经出现了破天荒的开放思想。人们劳动热情高昂，一切蒸蒸日上。那时，在我们这里，一切发展才刚刚开始。如今，北岸的风光比南岸少了一些旖旎，北岸的交通也比南岸少了一些通达。三十年时光过去了，北岸在老人的留守和耕作中已经笼罩上了衰颓的色彩。也许，留守村庄的少年们还会聚在一起唱歌，开故事会，但他们的娱乐活动更多地转向了电视和电脑，在动画片的情节和多样的游戏中获得快乐。但是，他们已经不再像我们当年生活在父母身边那么幸运，他们是留守少年。因此，他们的文化中多了一种对父母的思念之情和孤独的感觉，从而带有一些感伤色彩。

长江北岸村庄的风貌在三十年间也出现了一些变化。楼房林立，公路村村通达，农村公共服务设施也有了一些改善。但是，村庄总是缺少一种文化氛围，在保守的意识里缺乏胸怀和视野，同时缺乏非凡的情感和态度。三十年前北岸村庄里热火朝天的劳动彰显的力量与氛围已经不再存在。而穿行于田野、院落里的少年们在青春萌动时期，在开放伊始的氛围中建立的文化仍然留存着它的特色，新鲜、热情而充满活力。时代发展改变着少年的心，也许，在留守村庄的孤独、感伤的文化氛围中，我们可以留住曾经的那份激情，将饱含深情的力量注入他们充满渴盼的心灵。

在长江边滋生又消失的梦

　　如果我不是在长江边长大，而来自高原或山区，那么，我会因对长江风貌的新鲜感而驻足岸边，久久不会离去。那浪花细腻而闪光，那水草繁茂……渡船从其间开辟出一条水道，一伸手便可触及水面，也可以让江水冲刷赤裸的双脚。密集的货轮穿行江面，它们来自上游或下游的某个港口，那阵势显现着长江水运的发达。在夜晚，它们则闪烁着红色或绿色的灯光，伴随着涛声一起涉渡。可是，我对这一切太熟悉了，我不能产生那样的新鲜体验。但是，确定无疑的是，长江，曾经带给我少年时代的快乐回忆，那是因为江岸的小船晃晃悠悠，在浅滩下网后的满心期待，以及大型客轮的巨大轮廓给我带来的惊奇……

　　已经多少年了，长江，这个充满了灵性与诗意的所在，容纳了我美妙无比的梦想。这些梦想在长江边诞生，受历史上长江边长大的英雄故事的启迪，又经过时代的重塑，那就是像长江边的英雄人物一样创造辉煌的未来。20世纪20年代，那些热血青年向长江南岸汇聚，又奔向长江北方追逐梦想。江南的青年意气风发，英姿飒爽，他们跨过长江，以国家利益为重，让青春的梦想在北方这片沃土上开花。时隔五十年之久，海岸传来现代化的开放信息，长江两岸的港口开始繁荣起来，数不尽的商品在南北两岸城市间流通，长江沿岸青年创业的梦想已经开始萌芽。又过了四十年，长江沿岸的知识青年从各自的家乡奔赴全国各地，在社会各个领域展现才干，他们带去了关于长江的回忆。

也许，在江南和江北之间往返的客船上，我会遇到少年时代的老友，虽然我们的面目已经改变，流露出掩不住的岁月沧桑。但是，我们曾经的共同梦想和回忆不会改变。时至今日，在江南这座小城的滨江小镇上，我苦思冥想，把那已经失落的少年之梦仔细回味，品出几许苦涩，几许辛酸。也许，我的孤寂的行程，长江沿岸历史上的英雄们也曾经历，但不是以此作为结局。他们横跨长江两岸，纵横大半个中国，让青春在时代的风光中展现斑斓色彩。他们的人生丰富多彩，没有我深深的人生孤寂感。

游客们看到长江会感到惊奇，而我呢，我看到的除了风景之外，还会有什么？江南的现代化气息已经十分浓厚，商业文明带来社会面貌的改变，文明而清秀。可是，江北农村却仍然处在保守的农耕时代，农业文化的封闭性依然延续。在曲折而狭窄的乡间公路上，拖拉机载着行人一路行驶，拖着一道黑烟。分散的农田里，农民在烈日下耕作，他们以此换来一些口粮和收入。坐落在村庄里的学校教学楼陈旧矮小。坐车在江北的乡间公路上缓慢行进时，我不由得想起在江南的柏油路上行车时的便捷和快速。夜晚，我在江北乡间的宿舍里，被周围的沉寂包围。而此时，江南的小城里，已经灯火阑珊，花园和街道上行人正在享受休闲时光。

也许，从20世纪80年代起，江南与江北开始渐渐出现差别。长江流域的先民以鲜鱼和稻米世世代代繁衍下来，创造了先进的文化，这种文化哺育了一代代长江流域的居民。他们以灵秀、农商结合、水陆兼营、胸怀天下著称。可是，如今，两岸的人们生活在不同的环境中，生活状态出现很大差别。在体验这种生活的落差时，我深感无奈。我无法改变这些，就像面对江北乡村的黑暗沉寂的夜晚一样无奈。

也许，已经到了告别在长江边滋生梦想的时候，我不得不回到现实，开始改变自己。只能让长江的风景和关于长江的梦想永远留存心间，希望它们在不经意间，会在我固如坚冰的心灵里萌生一些温暖，带来一些诗意。

令人乏味的回乡

　　回乡，没有衣锦的繁华，也不是落魄的潦倒。只有听惯了的家乡人琐碎的话语，看惯了的家乡人躁郁的表情，这让人重复地体验着一种乏味的感觉。多年来，这一切不曾改变。

　　在大水来临之际，家乡人都在思考着退水之后种植黄豆的事。而在这之前，他们之中一部分人则在城里休闲娱乐，他们把生产和消遣兼顾得很好。农闲时，他们在城里打牌、唱歌、住宾馆、进酒店。一旦农事忙碌，便回家料理生产。在向南岸行驶的客船上，家乡人谈论农事和最近的牌局。农事和牌局似乎是家乡人关注的两个焦点，这是这里的一种特殊的文化现象，他们将劳动和享乐看成人生重要的两大需要。

　　我少年时代的伙伴小禾，年幼时母亲早亡，他跟父亲、哥哥和姐姐一起生活。后来祸不单行，他父亲的一只手被农具轧断，成为残疾人。小禾在这种家庭环境中成长，缺少家教，后来流落城市，因罪入狱，几年后刑满出狱。可是他没有痛改前非，又经历了几次入狱的过程。他终于悔改，开始在家乡承包土地从事农业生产。人们都认为这是一个好的开端，这意味着小禾转变到正常人的生活轨道上来了。在困境中，人可能会产生一种改变命运的意志和力量，从而有了希望；人也可能会堕落，从而失去希望。小禾先在恶劣的家庭环境中失去自我管理能力，后来经历了几次磨炼，逐渐成熟起来。这似乎是一次充满希望的"复活"。人们对于小禾的转变感到惊喜。

可是，好景不长。后来他在几个女人之间周旋，生活变得糜烂，他承包土地得来的钱全部用于挥霍。小禾放弃了人们期待之中的健康正常的生活。一种积极、健康的生存状态消失在他对欲望的贪求之中。小禾是我家乡的一个特殊群体的代表，他经历着农业改革的浪潮，享受着农业改革带来的利益，却将这个宝贵的生存与发展的机遇虚掷。

在我的家乡，有的人种田之余在城市或棋牌室里消遣。他们没有将劳动和享乐截然分开，劳动只是为了享乐。在一个比较封闭的江心小洲上，他们关注更多的是衣、食、住、行。向上的思想潮流，进取的生活作风却被他们固执地拒绝了。是家乡的社会风气孕育了小禾这样的人，还是小禾这样的人影响了家乡的社会风气呢？享乐的人生如果建立在自律的基础上，还说得过去；如果缺乏自律，则会造成堕落和腐朽。因为在享乐中有许多诱惑会造成人生的失误与毁灭。是否可以说，许多正在追求享乐的人已经处在这个危险的边缘了呢？

仿佛苍鹰飞越沧海

西西弗斯推着巨石上山时，他心中充满了希望，但希望很快就被粉碎。在希望与失望的较量中，悲剧刺痛人心的体验也许已经磨炼了人的意志，而人物的情感因为含泪的不屈而变得异常丰富、深刻。人的生命中除了情感还需要什么？其实，只要有憧憬就足够了。情感深沉的人会从憧憬中找到幸福，并具有为了心中的憧憬而奋斗的勇气和实践的力量。

西西弗斯的行动正像苍鹰飞越沧海。苍鹰飞越沧海，也许，途中因为找不到可以休息的岛屿，而它体力衰竭，中途坠海。它终于还是看不见彼岸的风光，到达不了那片可以栖身的富饶的山野。彼岸的天空终于没能留下它矫健的身姿，它献身于海上，献身于飞越沧海的理想。也许，它一次次遥望远方，也会心生恐惧。不过，坠海之前，它还在忘情地憧憬富饶美丽的彼岸的山野。苍鹰可以俯瞰世界，因为它站得高、飞得远，因为它力量强、理想大。作为一个有着如苍鹰一样远大理想的人，一定会面对这样一种心理考验：是选择理想还是选择生存？

为了理想的奋斗没有功利的色彩，这种奋斗使人生艺术化，奋斗的过程比奋斗的目的显得更有意义。在三年的硕士学业结束之后，我面临一个人生的关键选择：是继续进行我所热爱的文学研究，还是放弃艰苦的文学研究过一种平庸而安乐的生活？由于许多客观原因，从事文学研究并不一定能达到"走出去"的目的，不一定能进高校、科研院所工作，以此获得更好的工作环境和条件。经过激烈的思想斗争，我还是选择了继续文学研究的道路。我觉得这是一种生活方式，一种过程，在文学世界里我可以获得精神的成长以及个性的丰富和发展。

就像苍鹰飞越沧海，它的凌云壮志消遁在茫茫无际的海浪中。我选择的事业若干年后也可能毫无结果，我牺牲掉的平凡的快乐找不到一点补偿，我得到的只是重压之后的一丝喘息的快慰。我不愿这样。我想起了昔日晨光中的远山，夕照中的原野，清新的空气和碧蓝的天空，以及在静谧氛围中的音乐和牛奶。其实，我也可以爱上它们。所以，我也可以以快乐的心情去拥抱宁静的乡村，我不必以走出去为唯一的人生目标。只要我的文学研究能继续下去，我就有希望。我不再庸俗地把一些功利性的结果作为文学研究的目标。

苍鹰选择了远方，它在祈愿未来的幸福中抛弃了平庸。我选择了精神的远方，它要求我摒弃世俗杂念的困扰和眼前短暂的快乐。

在徘徊中前进

在合肥初冬的绵绵细雨中，我们一行六人向某公司进发。在经过登记、初试等程序后，我们赶往公司本部。车窗外的雨雾朦朦胧胧，车内播放着汪峰悠扬的歌声，而我在愉快地设想周末去大蜀山登山的计划。在经过较长时间闭门不出的学习、生活之后，我走出了家门，试图进行一次短期工作，调节一下自己的状态。

在公司本部，我被告知，公司对视力有较高要求，而我的矫正视力并不合格。又听同行的伙伴说，在公司工作要上夜班，而主管通知我短期工作不被批准。这些信息让我颇感失望。看来，一切不像我来之前预期的那样美好。走下流动体检车，我想到了放弃，因为这对我来说并不是最好的机会。于是，我提起行李决定返回。

我一直在做"知识精英"还是做"职场精英"之间徘徊。这一次，我从繁重的学习和写作中抬起头，又一次想到做"职场精英"。于是，我决定试试。可是，北京之行和这次的合肥之行没有给我带来多大收获，我理想的职业不能触手可及，一切都还没有出现可喜的苗头。虽然，无论是我的思想还是学识较之前有了很大进步，但是，获得理想的职业仍然很难。"职场精英"的梦很遥远，几乎遥不可及。

在这次尝试之后，我决心坚定地追求"知识精英"的梦。读书、写作久了之后产生的疲倦感折磨着我。但是，读书、写作又会给我带来快乐和自足。离开书桌久了，我渴望回来，我又因读书写作感到踏实和安全。生命的时光在不断消逝，但我的精神在不断成长。每当读书、写作之后，我都会感到欣慰。

可能是这样，做"职场精英"和做"知识精英"并不矛盾，可以兼顾。许多高校教授一边工作一边研究，他们书教得好，学问也做得好。韩国女生刘树燃在英国的商学院获得硕士学位，回韩国教英语，成为"明星讲师"。她既是职场精英，也是知识精英。通过她们的经历我能认清自己的状态。

我常常被一种自卑感侵袭，尤其当我看完一些书之后，我深深感到自己的基础知识还不够牢固。这样，在学术领域可能没有优势。其实，这是一种焦虑。不过，当我写作时，这种自卑和焦虑就会消退，因为我只需尽力。我的导师说过，治学是漫长的过程，每一个进步都是呕心沥血的结果。于是，我又拿起书和笔，苦苦寻求、苦苦思索，把知识积淀作为自己的重要目标。

如果在徘徊中选择不同的视角观照自己的状态和环境，可以更清晰、更准确地认识自己和环境，从而选择一条正确的道路，那么，这种徘徊就不是思维混乱的表现，它只是自己对未知的探索。这样，徘徊并非没有意义。但是，无论如何，知识积淀的努力在任何时候都不能放弃。否则，心灵会被空虚无望占据。在徘徊中选择，在选择之后前进，这样，在时光流逝之后，仍然会有值得追忆的灿烂时光。

微山湖岸歌者的召唤

"西边的太阳快要落山了，微山湖上静悄悄，弹起我心爱的土琵琶，唱起那动人的歌谣……"歌唱者坐在微山湖岸上，弹着土琵琶，心中充满了对未来安宁、幸福生活的期盼，眼前的艰难险阻带来的焦虑已经被幸福的憧憬代替。

当年微山湖岸的歌唱者在独自弹响琵琶的时候，心中存有一个胜利的信念。夕阳的余晖在湖面上投上灿烂的色彩，渔夫淡定地划着小船，正在悄悄靠近湖岸，一切显得十分静谧、柔和。歌唱者的身影并不显得孤单，他在困难中，精神的力量能带来幸福的体验，这已经足够。也许，幸福的渴望者比幸福的拥有者具有更多的关于幸福的感受。

孤绝的奋斗者心中充满了快乐，他在心中拒斥了犹疑和彷徨。听着这首歌，想象着歌唱者夕阳下的身影，我仿佛回到了20世纪90年代的安庆东郊。

那个年代，在安庆东郊，我们时常会看到繁忙的菜农在农田与市场间往返，他们将成熟的蔬菜运往市场。在公交车上，我们经常会看到带着头盔的建筑工人，皮肤黝黑，粗声粗气。那时的安庆东郊，还具有浓重的老旧的痕迹。在这种社会环境下，校园里又是另一种情况。我们作为未来的小学教师，接受的教育被限定了范围和模式。我们的大部分时间被用来练琴、学习普通话、练书法，所有的注意力被引导到这种具有专业技术性的活动中去。与此同时，我们没有心思去思考人生问题，比如如何认识外面更广阔的世界，如何选择未来的人生道路。和校园外社会环境的老旧气息不同，校园里的文化具有一种预定的、程式化的特征，缺少独立思考的氛围。在这种氛围中，我没有思考现在，也没有思考未来。

微山湖岸的歌唱者在艰难的处境中，满怀理想，憧憬未来。他一定在心中默默思考未来，在艰苦卓绝中开辟道路。而那时的我没有思考未来的人生道路，或许是因为我的思想已经被一种预定的因素确定了，它接受不了丰富的、有生命关怀意义的、来自外面世界的信息。在该思考的时代，我失去了思考的机遇。微山湖岸的歌唱者有憧憬的快乐，也有满怀理想的幸福。但在那个年代，我什么也没有。

我将面对如何从自身的平庸思想中突围，以及如何从平庸的环境中突围的问题。这将属于一次孤绝的奋斗。微山湖岸歌者的奋斗和我的奋斗绝不相同，他没有犹疑和彷徨，他在奋斗的间隙快乐地体验生活。

每当我耳边响起这首歌的时候，我都会想象微山湖岸歌唱者夕阳中的身影。他在艰苦卓绝中的快乐歌唱是一种召唤，是对生命内在要求的召唤，也是对未来理想的召唤。

告
别
幻
想

曾有一次，我在一遍遍重复的佛经声中沉睡。冥冥之中，有一个声音从远方传来："因为你一再不信任我，所以我决定离开你。"那似乎是一个能拯救苍生的神。我猝然惊醒，却并未感到惆怅。因为，我并没有把拯救自己的使命交给别人。任何精神上的援助都不如自身精神上的觉醒，任何方式的援助对肩负以改变命运为使命的人来说都是杯水车薪。其实，梦只是一种潜在意识的表现，寻求一种成功的预兆只是幻想。

在旅途中，放弃眼前花朵的芳香和鲜美，选择远山上湛蓝的天空和山下广袤的田野，这都需要眼界。在生命中，放弃眼前短暂的快乐，选择在艰苦奋斗后才会实现的高贵、不俗的幸福生活，需要智慧和勇气。《伊利亚特》中的赫克托尔放弃了高贵的爱情、温馨的家庭，选择了无情的征伐。因为他知道，不选择征服敌人，他便会被敌人征服。所以，爱情的高贵与甜美，家庭的温馨与安宁，它们迷人的光辉都会在短暂的闪耀之后寂灭。也许，他也有过艰难的斟酌和衡量，但现实不容许他一再耽搁于无用的思考，他必须在与生死一样鲜明对立的两种选择中确定一个，而谁都无法预料他在抉择之后会面临死亡的厄运还是绽放凯旋的微笑。他只有奋力拼杀，杀出一条血路，才能看到生命的曙光，驱散死亡的阴影。

现在，我处在命运转折的关头，不同的选择会造成人生的不同状况。我可能会不自信地毁在蹉跎中，也可能会在挣脱苦难的努力中因力不从心而半途而废，走不出苦难，实现不了"自我拯救"。我在不同的人生选择中矛盾着。因为希望实现涉渡彼岸的成功，又担心自身精神力量不足，所以，我在犹疑中仿佛竭力呼唤一种成功的信念带来的勇气和力量。它不是来自神灵的预兆，而是来自心灵深处对高贵而美丽的情感的渴望。

如果神灵的暗示真的来自幻想，那么，未来的希望之光其实是亮在自己的心中的。高贵而美丽的情感不能产生于污浊的心灵，它只会在同样高贵而美丽的心灵之中产生。未来人生丰富的成果不会产生于自恋式的幻想与肤浅的努力，它只会在不懈的努力和奋斗后产生。当神的声音再次在我的梦中响起的时候，我已经作出告别幻想的决定，因为幻想的力量十分脆弱，经不起现实的捶打。

孤绝与憧憬中的行程

　　我和叶子在相似的人生憧憬与现实焦虑中开始了去普陀山朝拜的行程。共同的人生境况使我们相识，并有了一些共同语言。虽然她是一个从湖北大山里走出来的女孩，在大上海也经历了生活磨炼，却仍多愁善感。而我是一个生活在长江沿岸乡村里，渴望走出去的青年，带有封闭与开放的双重思想特征。虽然这样的个性差异并没有使我们在旅途中产生巨大的矛盾，却也造成了一定的距离感。好在，普陀山的美景与鼎盛的香火给人带来一种繁华热闹和充实新奇的心灵体验，她还是快乐地在这座海岛上度过了一天多的时间。

　　客车早上六点四十分从上海人民广场出发，朝着浙江舟山的朱家尖一路奔驰。在经过杭州湾跨海大桥时，黄蓝两色的海水在海湾里翻滚。历时三十分钟，我们终于通过了这座中国第二长的跨海大桥。当车窗外闪过海上观景台高大而孤独的身影的时候，我想到可以用"孤绝的美"来形容这海湾中的高台与周围的景致。而和我同行的叶子也是一个在孤绝中追求梦想的女孩，她的梦想是美的，她的精神处境是孤绝的。我呢，同样处在孤绝之中。对在大海的风浪中耸立的高台，我们产生了一种心灵共鸣似的震撼。

　　来这之前，我就听说过浙江的桥是很独特的，很有技术含量和艺术色彩。各式的大型桥梁在车窗前闪过，它们蕴含着专家们的智慧和工人们的力量。那村庄里众多的河渠也小巧别致，有一种小桥流水的韵味。也许，在江南诗人的想象中，那水泥砌成的台阶上会走出一位清纯典雅的少女，她臂弯挎着一只竹篮，走到最接近水面的那级台阶，缓缓弯腰蹲下，开始清洗衣服。江南的诗人因水乡的风情丰富了头脑，他还会想象那位浣衣少女洗好衣服，轻盈地站起来，拾级而上，走上渠岸，那里就是她的家。她舒适地靠在椅子上，心情恬静而柔和。其实，多年前我在长江沿岸的乡村里就一直在心里不停地播放着这样的影像。可是，在水乡的河边，我寻不着这样的少女。也许，那只是江南诗人的美好幻想，只能给人憧憬和向往，使人们的灵魂不至于被现实的平庸麻痹。在意料之外，我在去普陀山的路上看到了这样的河渠和民居，这使我少年时代梦想的种子复活了。也许，这颗对美的憧憬的种子一直深藏在我的心间，历经多年不曾死亡。今天，因共同的人生憧憬与焦虑，我和叶子去感受世界与自然，在去普陀山朝拜的路上，我又重温了少年时代的幻想。我没有告诉叶子，因为，也许，正像湖北山里的世界我无法想象一样，江南水乡的世界她也无法想象。但我确定地知道，她也有一个梦，这和江南水乡的诗人般的梦有别。她有一个关于白马王子的梦。她梦想有一天，她能邂逅一位白马王子，她这么多年的苦苦坚守有了一个圆满的结果。她的事业追求在某种意义上说是为了美好的爱情。

　　客车终于到达舟山的朱家尖，乘游轮渡过海湾，我们就到达普陀山了。在这里，没有内陆城市惯常遭受的烟和尘的破坏。普陀山在海面静静地等待全国各地的游客带来欢声笑语和鼎盛的香火。疲愈的旅人呼吸着海岛上的清新空气，心旷神怡，他们会觉得此行不虚。叶子开始在庙宇里焚香，她悄悄许愿。在求子观音塑像前，她只透露给我关于自己未来结婚想生男孩的愿望。我许了全家福和姻缘的愿，我虔诚地作出了最全面的祈愿，全家幸福安康，我的事业和爱情如意。匆忙中，我已经放弃了去拜谒南海观音。叶子问我为什么不去，我说将最美好的体验留给未来吧，留下一个遗憾，就留下一个希望。当然，这也许只是迂腐的文人面对失落时的一种自我安慰。但不去朝拜南海观音，确实也无伤大雅。因为，普陀山之行已经给我带来深刻而丰富的情感体验。

第二天傍晚，我们回到上海。在回程中，我想起叶子至今还没有在上海稳定下来，想必心中焦虑。她的确不容易，但她在普陀山表现出来的决绝与独立令人赞叹。所有表示关心与同情的话语在她那里都显得异常苍白，这正是一个孤绝中的人的独立与自强的表现。她的祈愿带有爱情的美好憧憬的因素，她一定会孤绝地坚持到实现美好愿望的那一天。

角落里枯窘的心灵

　　西靠巢山，北邻白荡湖，这所学校处于偏僻的丘陵地带，被封闭的环境包围。街道上只留下老年人和留守的青年，他们似乎已经忘却外面的世界，在个人的小天地里固执地坚守自己的一点生计。在这种环境下，这所学校也难免处于一种无法用准确的词汇表达清楚的文化氛围中。或许是颓废，但又不全是；或许是晦暗，但又不能全部概括；或许是冷酷，也许带有一些这样的色彩。

　　2009年，我尚未离开那里。那时我已经在那里生活了13年之久。所以，我对那里的人文环境十分熟悉，至今也无法抹去对它的那种复杂感情。对那次冲突，我一直无法忘怀。那是在球场上，志生不小心将篮球从文义手中推出，文义立即给了志生一拳。这时，志生还没有反应过来，他没有想到这一推会带来这种后果。等他反应过来时，文义已经离开。志生觉得憋屈，于是在球场上骂文义。不仅如此，他还从教学楼下冲上教学楼，抓住文义要"教训"他。于是，他们扭打起来。

　　是他们之间的冷漠和敌视产生了这种情况吗？他们中的一些人因原生家庭的不良环境，难免会有喜欢矛盾冲突的思维习惯。这使他们喜欢复杂处理与周围人的关系。他们在表达时，喜欢绕弯子。

并且，他们还会劝我"不要直接"。这种不坦率令我无法忍受。我在过去读诗和写诗过程中得到的诗人般的天真与浪漫的情感已经遭遇到毁灭性打击，仿佛一颗娇嫩的鲜花遭到骄阳和暴雨的袭击。

文化环境的冷酷在生活中时时处处都可能表现出来，不仅是冲突，而且是冷漠，对他人困难的漠视。与此同时，那里有一些因个人利益相同而互相结合的小集团，他们彼此互利互助，却具有明显的排他性。21世纪开放的世界正在以宽阔的胸怀接纳不同的个体，社会正在以博大的胸襟容纳多样的文化，而巢山还是固执地坚守一隅。它冷眼看着水运日益发达的长江上的波澜，也许它并不羡慕长江沿岸城市的繁华。远在黄山，来自世界各地和大江南北的游客以不同的口音赞叹大山的奇险。这一切，巢山看不到也听不到，它似乎以冷漠的表情拒斥一切繁荣的讯息带来的影响。此时，作家和艺术家们正从城市深入农村，并且与国外的作家和艺术家以热忱的态度交换关于文化和文明的看法。而巢山脚下的老人和留守的青年的心灵变得干枯而窘迫，缺少一种表达文化的词汇，面对这一切，他们已经失语。

相比较而言，我比那里的老人和青年更加敏感。是否是一种比较固定的文化环境造成了我的苦闷和忧郁？这似乎可以确定。是否也有其他人和我有同感？我无法确切地判断。在曲折的表达中，在敌视的眼光中，人们已经习以为常，这成为心灵的自然状态。心灵在封闭中失去了对外面世界的感受，对丰富而高尚的情感的体验。当我离开那里后，我才看清了那里的一切，我感到不可思议。我的离开似乎是逃离，我因此庆幸。

也许可以说，那些渴望拥有真正人生的高度的人都希望有非凡的情感、非凡的态度和非凡的毅力。而沟通在这非凡的情感体验的追求中、非凡的态度的生成中、非凡的毅力的训练中是多么重要。如果冲突的双方多一些沟通，冷漠和敌视会淡化许多。外面的世界给我们的心灵打开了一扇窗户，心灵会因与新事物的交流打破禁锢与冷漠状态，因此有了鲜活的感受和冲破束缚的力量，缺乏理解和宽容的心灵会多么枯窘。以自己的爱和尊重呵护彼此的理想，这又是多么奢侈的情感享受。

我有诗人般的天真与浪漫，而我又来自巢山脚下的那所学校，所以，我深刻地体验到那里文化环境的封闭性。如今，我走出了那个地方，所以，我对它看得更加清晰。如果，多一些宽容、尊重和爱，摆脱了心灵的枯窘，那么，在那里，就会多一些灿烂的笑容和自我实现的幸福感。

上海离沂蒙山并不遥远

　　阳春三月的上海上空，除了深蓝色和一点儿云朵之外，就是从海边吹来的清新的空气。路边尚未长出绿叶的大树上充满艺术性的虬曲枝干显然有人力斧凿的痕迹，这与街道两侧墙角下的绿色、紫色、红色的花草一起给这座城市涂上了新鲜的亮色。我从江南小城一路奔波而来，当汽车进入这个优美的城市，我已经被它深深地吸引住了。也许是因为它的轻捷与北京的深沉凝重迥然不同，也许是因为它的文明高雅与江南小城的平庸有明显区别。

　　我来上海师范大学参加考试。因为近期紧密的计划表，又因为上海的朋友有要事在身，所以我没有能够去著名的外滩看看夜景，更不能体验穆时英、施蛰存笔下的富有声色情韵的上海。80多年的时光该会给上海添上多少沧桑？又会给上海增加多少新貌？不过，街头的协管大叔和大妈热情周到，给人印象深刻。也许这只是桂林路的景况，这时偌大的徐汇区中心该是人流汹涌了吧！

　　为期一天半的笔试结束了，我下午参加复试，这是一次面试。十几个人在紧张等候。我在面试之前，和面试老师有过一次交流。他认为学工科、学技术会获得更好的生活，他对从事文学研究的实际功用是不乐观的。这显然在我的预料之外，一个热爱文学研究的人怎么会这样说呢？他还是一个比较温和的人，并没有因为我对几个问题有困惑而终止交流，当然他也微妙地质疑了我为了"实现人生艺术化"的理想而从事文学研究的做法。在后来的沟通中，他还表达了对我的看法，认为我"总体一般"，这并没有打消我继续进行文学研究的想法，也没有击退我的信心和期望。我把这次考试当成一次自我检验和反思，我期望在这次考试中获得更深刻的思考和更宽广的视野，在一定程度上我实现了这一愿望。

我渴望来到这座城市，来到这所学校，实现我人生中的下一步目标。如果我能获得这个平台，那么未来的发展就有了希望。回程中，连绵起伏的山岭以春日的繁荣诱惑着我，我想起了沂蒙山，歌唱者在《沂蒙小调》中唱出一点山野的风貌，也许这只是那高洁、一尘不染、似锦如画的山区生活的一个缩影。远离了喧嚣和烟尘，沂蒙山上下一片清净明朗，歌声在山野回荡，牧羊的姑娘已经摘下大把的鲜花，沂蒙山以她的高洁明朗诱惑着我。这次来到上海，我将认识许多来自五湖四海的朋友。如果有一天，我有了一个来自沂蒙山的朋友，那么我将会随他一起去沂蒙山，哪怕是一个短暂的停留，也会使我的心灵受到滋润，使我的精神获得净化……

因为精神成长是一个负重与突破的过程，它拒绝走一切平坦和游戏式道路的可能。所以，我渴望进入上海师范大学从事文学研究，而实现这个跨越，我得准备作出百倍的努力。上海离沂蒙山并不遥远，这是一种愿望，我在通往上海的行程中增加了关于沂蒙山的浪漫想象，并以此为动力，我将因此获得奋斗的快乐。

上海离沂蒙山并不遥远，这不仅意味着梦想，更意味着长期的努力，在一种从此岸向彼岸的涉渡中，拒绝平庸和退缩。

离开北京花乡桥

    飞机从池州九华机场升空后不到两个小时，降落在北京南苑机场。这时，北京城已经灯火阑珊，夜色中拥挤的车辆和行人给我带来一种压抑感。看到眼前一辆出租车的司机和乘客争吵起来，这又加重了我的压抑感。有人说北方人刚毅质朴，我想北京是中国的文化中心，应该也是理想的文明之城。

    回想不久前的那次北京之行是从南京乘高铁到达北京站的。我的目的地是恒基中心，去这里的一家传媒公司应聘。第二天早上，我到达恒基中心。大厅里的迎宾对所有进来的人都十分热情地说着"早上好！"每一个进来的人都能感受到她的热情，有人会回应一声"早上好！"伴随着迎宾的问好，我先前的紧张减轻了许多。这座豪华的写字楼装修一新，十分整洁。我与老总的会谈只持续了几分钟便结束了，因为公司需要的是能给他们带来即时效益的人，目前还不需要进行文学创作的人，但老总表示可以将我的资料保存备用。离开恒基中心，我先前的美好憧憬淡化了许多。生活也许就是这样，不能仅仅建立在浪漫想象和某种体验和感觉的基础上的。

    这一次的北京之行，我要去两家公司应聘。其中一家是网络公司，另一家是保险公司。网络公司在欧陆大厦办公。年轻的公司监理约我午后面谈，我在简易的办公室坐了几分钟。在和监理的谈话中，监理不停地表达他对我的印象，包括"偏传统""偏严肃"等。监理说这家公司经营的是轻松的文学作品，这和我的"严肃"气质不相符。

保险公司位于金瓯大厦。介绍人十分热情地接待了我，安排了部门主任和我面谈，我们谈得很投机。她对我的形象和沟通能力表示欣赏，认为我可以胜任这份工作，并安排我当晚去介绍人那里住。中午，我和在传媒大学读硕士的校友见面，去吃自助餐，餐厅人多但是井然有序。下午逛传媒大学校园，又打了一会儿台球。晚上，我们一起聚餐。席间，对理想和欲望的争论加深了我们的思考和对相互的认识。晚上九点左右，我离开传媒大学，乘车去花乡桥东站。我在几经转车后于夜间十一点左右到达花乡桥东站，我的介绍人已经站在路口等我，我坐上他的摩托车很快就到了他的住处。我们开始谈即将开始的工作，花乡桥在夜幕中一片漆黑，看不见一点儿灯光人影。

第二天天刚亮，我就出来在附近走走。这里都是农家四合院，听说租住一个单间每月要五百元左右。冬天，早上停止供应自来水。附近只有一个公共卫生间。我想起了在家乡的生活，一边工作，一边读书，生活充实而稳定。我为什么跑这么远来北京？这个问题冒出脑海令我感到惊讶。一种不安全感、不踏实感瞬间充斥了我的内心，我犹豫了，我思考着是否要放弃来北京发展的想法。

回到家乡后，我和我的现当代文学课的老师谈起我儿时的生活体验。炎热的夏天，我在林子里支起桌子，穿着汗衫短裤，一边听着密集的蝉鸣，一边读书写字，有风吹着面颊，回家后"咕咚咕咚"喝上一碗凉茶。那时的我十分清醒，十分安静，也十分快乐。

北岸的人生

老师说这是具有禅意的生活。其实，我在骨子里还是向往一种具有诗意的生活方式的，同时我也感受到了工作的压力，可是选择诗意的生活是否意味着永远体验不到事业成功之后的幸福感和成就感？或许，两种生活道路都能带来幸福感，因为我们不能兼而得之，所以只能选择其一。

在北京花乡桥，我体验到了另一种奋斗的滋味，它冲淡了我带有幻想色彩的期望，使我在回味中重新设定自己的目标。

从
激
情
到
贫
瘠

经历了近半个世纪，罡中学校的教学楼终于在21世纪的初期成为一栋空空荡荡的建筑。可以料想，那斑驳的墙壁上已经结满了蜘蛛网。昔日的校园广播里传出来的悠扬的乐声已经消逝在空旷的原野上。放学时，校园里攒动的人头已经成为过去。时代终于改变了它的命运，使它在经历了岁月的沧桑后退出了人们的视线，在新的时空维度里被更有生命力的形式代替。

当20世纪80年代的田野里出现热火朝天的劳动场面时，长江北岸农村里的学校已经盛行开放伊始时期的文化教育。知识改变命运、文化造就未来成为老一代知识分子的信念，他们将这个信念通过朴实、简单的教学方式植入新一代青年的思想之中。在无数个夜晚，渴望用知识造就未来的学子秉烛达旦。正在这个时候，有识之士开始筹办学校。他们搬来木材、泥土和瓦片，请来工匠，开始在巢山这个小小山岭的脚下搭建校舍。接着他们请来腿上泥迹未干的文人，因为他们之前受过不同程度的教育，却因为种种原因终止，但可以胜任教学工作。他们的热情也许来源于"教育是改变社会的利器"的思想，也许来源于这种开创性工作可以带来个人的辉煌前程。不管怎样，可想而知的是，那时的罡中学校已经热火朝天地开始了知识启蒙的旅程。

如今，罡中学校的老一代的"文人"多数已经故去，他们带走了"开天辟地"式的热情体验和在探索未知的过程中的新奇锐利的眼光。在那个时代，他们还没有多少精力去深入思考诸如现代化和农村文化这样的命题。农业生产占用了他们绝大部分时间，而不完备的教育又限制了他们的视野和思想高度。因此，他们在皓首穷经的岁月里不断探索。当年，他们一边擦干腿上的泥迹，一边走进教室，然后面对形形色色的学生，开始讲述众多的课文和习题。

直到20世纪90年代后期，罡中学校仍然处于边缘地位。但当年的泥腿文人已经离开学校，而将接力棒递给了后来的"70后"一代。这时，时代的风云正在变幻，市场化、全球化的格局正在形成，宽容、广泛交流和密切沟通的世界正在形成，这股风吹遍了中国城乡，平原、高原、长江沿岸、黄河沿岸、海湾港口的风貌都在改变。内地的商人正试着走新的丝绸之路，城市的居民能利用便捷的条件去海外谋生和发展，到欧美旅行已经十分方便。但是，罡中学校处在偏僻的长江北岸乡村，它可能感受不到外面的世界正在发生的变化。

几十个"70后"来到这里，他们从大专学校或本科院校毕业，带着各种初衷聚集在一起。他们解决了温饱问题，也不必去田间生产和劳动，相对轻松自在。于是，他们频繁地出现在牌桌上、电脑前、球场上。也许，因为长期处在偏僻的角落，人们的思想已经受到限制，思想的汁液被平庸的现实榨干，以致枯竭。在罡中学校，老一代的泥腿文人是"思考而不得"的一代，带有创业时期的激情和无奈。而后来的青年文人处在一个多变而互相包容的时代，他们在许多机会和挑战面前选择了退守贫瘠的内心，甚至热衷于采取对立思维面对他人。在一个狭隘的圈子里，他们互相交结，也互相斗争，以个人的好恶为原则。就这样，罡中学校处于一个"可思而不愿思"的时期，它隐隐约约与时代浪潮隔离开来，却不知不觉。

从长远来看，一种事物或思想是否顺应历史发展趋势决定了它是否能具有强大的生命力。20世纪80年代，罡中学校创业的激情足以使它延续几十年，而思想的贫瘠和匮乏也会使它在新的形势面前失去存在的意义。

从华丽到高贵

当片片落叶随风飘落时，马路上疾驶而过的汽车碾过了它。从车窗往外看，几片落叶随风追逐着车辆，一会儿便停在路面上。这城市因落叶而产生淡淡的感伤气息，那也许是因为凋落带来岁月流逝的叹息，也许是因为城市里的人们都蜗居在高大的建筑里，马路上人影稀少，让人心中生出淡淡的感伤。

在江南小城的田园里，在傍晚的余晖中，会看见农夫生起的烟火。在淡淡的雾霭中，可以看见间杂着荒草的原野或小小山岗上，是金黄色的成熟的作物，偶尔会有洁白的羊群点缀其间。这会令人生出强烈的想回家的感觉。一种无所牵挂、超脱生命负荷的渴望油然而生。

田园里的雾霭是一种使生命的目标模糊化的力量，让人生出放弃重负的冲动；而城市里的落叶因其带来的感伤气息消磨了生命的力量，却不能改变城市繁荣的面目。从江南田园般的小城来到这个古老而繁华的城市，从田园的雾霭里看不到的华丽影像便跃入眼帘。巨幅的广告牌上，有身着华丽服饰的名媛，她的眼神似乎在告诉人们她是多么幸福和荣耀。在那变动画面的巨幅广告牌上，交替出现豪华的居室和精美的轿车，这似乎是当代城市的中产阶级理想的生活。在我看来，广告画面中那位优雅的男士和靓丽的女士是华丽生活的代名词。这一切给城市贴上了"华丽"的标签，"华丽"成了城市的代名词。

在这座古老的城市里，华丽是一种包装，更是一种性格。于是，在建筑风格上体现出华丽的特色，便不令人感到惊奇了。在"南京1912"，许多具有民国时期建筑风格的酒吧便是"华丽"的写照。那穹顶的门楣和窗楣、青色的墙砖，被人们巧妙地组合起来，加上装饰精美的招牌，十分精致典雅。人们经常会看到巷子里张起的彩色阳伞，整齐的木椅和小巧的亭子。下午4点钟的时候，酒吧尚未开门，这里人流稀疏。闲坐在这里的年轻人优雅地喝茶、吃点心、聊天。他们可能是城市里的白领，具有城市里的华丽品格，享有城市里的华丽生活。这里是他们体现华丽风格的最佳场所。可以料想，一旦到了夜间，这一条街人流涌动，流光溢彩。那音乐和美酒该怎样让人们流连忘返，陶醉其中。

在这里，城市的落叶带来的感伤气息荡然无存，而田园里的雾霭只会是遥远而不可及的梦境。"华丽"离开了孤独、感伤成为一种城市文化的象征。这个从"感伤"开始的南京之旅经过了与"华丽"邂逅的一站，人们心中会生出一些感慨。那是历史的变化与迁移、岁月的流逝与打捞、生命力量的压抑与释放。这样，观看城市风景的人们便开始思考，除了华丽以外，生命之中还会有什么重要的东西？这促使人们久久沉思。

穿过长长的、由紫红色的木片连接成的步行道，就可以到达中山陵。当晚秋的风吹来山林的清新气息的时候，人们会感到一阵阵沁人心脾的温暖。上方刻有"博爱"的牌坊高高屹立山间，周围开满了各色花朵。拾级而上，陵墓便出现在眼前。陵墓前方的牌坊上方的"天下为公"十分醒目。这里安居着一个伟大的灵魂。在这里，人们感觉不到大山的孤寂与凄清。高大的树木直指云天，陵园上空空旷而辽远，使人不禁生出如临"天堂"般的感受——温暖、舒适，因为与伟大灵魂的交流而滋生出理想和希望，因此激动而幸福。

当心灵面对一个伟大的灵魂时，它会因为与这个伟大灵魂的交流而反照自身，从而萌生出对高贵品格的向往。那是对生命的超越、对孤独的思考、对浮华世界的摈弃。在中山陵空旷的山野里，并没有任何华丽的痕迹，人们目睹繁茂的鲜花盛开的时候，心中会生出温暖和希望。这里的青松郁郁葱葱，参天耸立，却没有任何伤感的气息，只是带给人们博大而深远的启示。走近伟大的灵魂，便看清了自己，也看到了希望。

从平庸中突围的愿望

在乡村和城市之间的两次来回，从江北到江南的一次迁移，期间经历了几多春秋。我没有能最终实现精神上超越平庸的愿望，真正的原因是身边的人和事物在平凡的生活中显露着他们琐碎的面目，他们带有平庸的色彩。当一颗追求非凡的心灵处在这琐碎、平庸的人和事的包围之中的时候，它就面临陷落的危险。从平庸中突围是多么艰难！

我二十岁以前的乡村生活在读书中度过，这种生活拒绝平庸，体现激情，这是我人生中宝贵的一段时光。乡间小路上的步伐是匆忙的，晨昏时分油灯下的苦读就是为了实现突围的愿望。四月间的蛙声里，六月间的蝉鸣中，九月间铺满落叶的小路上，以及冬日飘舞的雪花和凛冽的风声里，充满了乡村少年朴实而温热的情怀。这些乡村里平凡的事物给我营造了一个在奋斗中超越平庸的氛围。

后来，我开始了短暂的城市读书生活。这是一段在平庸中陷落的记忆。一种强有力的来自环境的影响产生的可怕后果。当年，站在城市的路口，我还没有完全认识到被平庸包围，当然也没有思考该怎样从平庸中突围。其实，当时我面对而且之后仍面对一种被平庸包围的环境。

　　自从那年毕业，返回乡村之后，我经历了漫长的乡村生活。在这里，从平庸环境中突围，从自身的平庸思想中突围消耗了我大部分心力。一种抗拒和自我抗拒在我的思想中并存，它们使我时而小心翼翼，时而痛心疾首。这些情绪伴随我多年，无法摆脱。平庸仿佛是一种病毒，一不小心就会被感染，令人心绪烦乱。从平庸中突围的希望在哪里？我在无数个白天和黑夜里苦苦思索，苦苦挣扎。

　　终于有机会从乡村回到城市再次求学。与上次在城市求学相比，我已经稍稍成熟。因为此时，我已经经历了许多。在一定程度上我开始了从平庸中突围的步伐，也体验到一点从平庸中突围的成就感。我在教授们的引导下，在与教授们的交流和沟通过程中，我更加深刻和准确地认识了自己、别人和环境。在读书中，我有了比过去更丰富的思想认识。在与大师们进行心灵交流的过程中，我开始努力发现事物的真相。从长江北岸的乡村来到城市，我拥有了一种新的生活体验，从不同的人那里，我学到了许多，也体验了到丰富的感觉。这包括对尊重和爱的领悟。无论是失去这些还是拥有这些，我都在思考中继续前进。这种尊重和爱是拒绝平庸的最好的方法之一。

　　现在我从江北乡村迁移到江南小镇，依然处在平庸的环境之中。因此，对平庸的抗拒显得更加紧迫。在这里，我在城市的第二次求学中得到的关于从平庸中突围的思想方法和决心会助我一臂之力。我从此继续从平庸中突围的征程，虽然至今仍然没有最终实现，但我仍在抗拒中坚持。无论是对平庸环境，还是对自身平庸的思想，我都竭尽全力。

　　我感到幸运的是，这种从平庸中突围的希望比那部著名悲剧中的主人公从命运的控制中挣脱的希望要大许多。索福克罗斯笔下的俄狄浦斯王最终没能从命运的罗网中突围，他惨烈的自我惩罚其实就是他不能突围的可怕后果。我的突围有更多的自主性，很大程度上是可以依靠自身力量完成的。但是，如果我缺乏这种意志和力量，我也会在突围中失败，陷落于平庸。这无异于自毁，这就是我不能从平庸中突围的可怕后果。也许，俄狄浦斯王令人同情，因为所谓的"命运"不可改变；而我，则令人失望，因为在可以依靠自己的力量改变命运的时候，我没有抓住机会。这是意志和力量上的匮乏，面对理想，我只能望洋兴叹。

下一站，福州

　　从合肥南站开往福州的动车缓缓进站，车站的广播员亲切温和地提醒旅客注意安全。很快，我已经坐在了三号车厢里。在一种略带憧憬和焦虑的心情中，我用微信向朋友们告别，他们用热情而简练的语言祝福我考博顺利。其实，这一声"顺利"给我带来很大压力，那是因为我有成功的期望，也因为朋友们关注的目光。

　　车厢里的视野并不开阔，只能看见眼前掠过的山峦模糊的影子和广袤的平原，以及时而进出的黑暗的隧道。江西上饶站、武夷山东站相继过去，列车即将进入福州。列车的广播里传来清晰的声音，"下一站，福州站"。这时，车厢门前已经站满了准备下车的旅客。几分钟后，福州站外的公交车站里，行人已经站好了队。我很快找到了"323路"站牌，这路车开往福建师范大学。

　　公交车里的音乐舒缓柔和，环境优雅，让人联想起家乡的客车里嘈杂的人声，那声音令人心生烦躁，感到不安。在这里，舒适安心的环境能让人专注和平和，这使我的福建之行有了一个舒心的开头。我注意到福州城区街道上行人稀少，也许他们都在办公室里勤奋工作，这是这个城市经济发达的一个重要原因吧。在我的家乡，人们的闲暇时间很多，而逛街购物是他们的爱好之一。就在这里，海滨城市——福州让人感觉到了它不同于中东部城市的特色。

很快，公交车抵达福建师范大学旗山校区。偌大的校园里，很少看到学生，他们正在上课。图书馆里也坐满了人。我坐在大厅的书架旁，翻开一本书，想感受一下高贵优雅的读书生活的韵味。在安静整洁的图书馆里，学生们正在体验各种不同的读书生活。可能，他们感到很快乐、很惬意；也可能，他们为论文选题烦恼，正在挖空心思寻找资料、整理思想。在这里读书的人们有各种不同的心境。一个饱经沧桑的人更会在书籍中寻找力量，在书籍中感受外面的世界，也在读书中认识自我。这可能是我和他们相同的读书体会。

校园里的文化街上，那个书店很小，却给我意外的惊喜。"那些令你无法前行的镣铐其实是你自己假想出来的"，当看到书架上一本书封底上的这句话时，我有一种豁然开朗的感觉。对未来人生灰心失望的感觉其实是作茧自缚。在一个文化先进的地方，往往会有令人惊喜的发现，那是因为一些人，一些景，也是因为一些书。一个令人难忘的邂逅会令人生出对美和幸福的向往。比如，邂逅一本好书，会让人茅塞顿开；或者邂逅一个才能杰出的人，会让人生出和他结交的愿望。这些在一个文化环境相对闭塞的地区怎能奢望呢？在文化先进的地区，人们的生命会更加充满力量，更有生机。我在福建师范大学的经历为我看世界、看自己打开了一扇窗户。

考博初试终于在三月二十日上午结束，我怀着复杂的心情走出考场，憧憬、担忧、不甘、失落交织在一起。复试在下午进行。经过半个小时的奔波，我终于到达位于仓山校区的文科楼复试考场。这时，博导们已经坐在桌边了。他们笑容可掬，温和亲切，可我心里没底。我在硕士研究生毕业后准备了近一年时间，我还是不能准确地知道自己的理论水平，而竞争对手都很强。在回答了两个问题之后，我退出了考场。

晚上的复试马上就要开始了。在夜晚柔和的灯光中，文科楼显得十分静谧。朋友指着一棵巨大的树告诉我："那是一棵榕树。"生长在海滨的榕树枝繁叶茂、根深蒂固，十分雄伟。夏天到了，下了课的学生们坐在树下乘凉、休息、聊天，这些都是不错的选择。而在这个夜晚，榕树下的宁静悠远，更让人觉得踏实。福建师范大学仓山校区的文科楼下，灯光柔和，气氛宁静优雅。而我已经结束了复试，与朋友告别后，返回住处。

车辆在福州的夜晚穿梭。眼前掠过城市的灯光，我默默地思考：如果考博顺利，那我的卓越之梦有了实现的机会；如果不能如愿，我会怎样？我会选择另一个角度观照自己的人生，重新设定自己的方向。因为我懂得，追求卓越的路不只一条。

当生活因文化而精致

　　当英语老师在网上跟我道别的时候，我们已经完成了半个小时的英语对话，我从内心感到一种新的文化的吸引力。她是一位美丽的老师，眼神温和而又露出锋芒，从而使人产生一种微妙的距离感。尽管我不是很流畅地用英语表达了我学习英语的愿望和目的，但老师还是肯定了我。

　　在这之前，我憧憬过一种因文化而精致的生活，这种文化时尚而健康。我曾经见过在空旷、宽阔的马路上，知性青年衣着大方得体，手捧掌上电脑，在看英文电影，十分投入，显示出精致优雅的风范。我也曾见过健康时尚的知性青年在身边放上一杯咖啡，手捧一本书，神情专注，也显示出一种典雅精致的风范。一种内蕴的文化的魅力在这些知性青年身上放射出光彩。他们的生活因文化而精致。

　　这种精致的生活因文化而提升了品味。20世纪30年代，一批精英从世界各地回到祖国，他们用先进的文化来思考和承担时代赋予他们的重任。郭沫若告别妻子和子女，从国外回到祖国，他那因文化浸润的心灵充满了热情和力量，显露出迷人的魅力。可以想象，当年他的生活可能并不精致。也许，他没有闲暇在周末去咖啡厅喝一杯香浓的咖啡，然后悠闲地在街上走走。可是他的生活因深厚的文化而充满热情和力量。

时代变迁，如今的知性青年以精致为生活的目标。当轿车行驶在高速公路上时，他们会一边欣赏舒缓的音乐，一边驾驶汽车；下午时分，他们会一边喝上一杯香浓的咖啡，一边翻看手机。可是，我却时常感到我的生活不精致，并时常感到一种危机。在巢山，我因文化落后而感到压抑并被否定。这令我至今难忘，并时时警醒。后来我到达偶山，我的处境因文化进步而稍稍改善。如今，我在思想高度和精神境界上，在个性特点上，时常反省自己。也许，和时代、社会结合，站在高处，才能真正走近先进文化，也才会有真正精致的生活。

从外教老师那里，我获得了学习多样文化的启发，因为这可以带给我新的视野。当我从一己视角走出时，可以获得更高的思想高度和更深的深度。这样，建立在先进文化基础上的精致生活就不再是非同寻常的梦想。在我心中，一直有一个非同寻常的梦。它有时清晰可辨，有时朦胧不清。但是，我知道，在摆脱文化落后状态的过程中，用心灵去探索，用行动去实践，这不容置疑。

当人生因文化而觉醒

在城市熙熙攘攘的人群中，总有几个人因对自己生活状态不满而心生苦闷；在纵横密布的村庄里，人们也会遇见几个艰难挣扎的不安生命。在他们的记忆中，那些幸福的笑容永远挂在幸运儿的脸上，而悲苦与落寞则沉淀在自己的心头。

也许，不幸的人们是因为在人生的选择中失误了，才导致了他们的不幸。当甜蜜的诱惑出现的时候，他无法抗拒；在人生紧要关头，他不慎走错了一步。于是，他堕入昏暗的人生境地。意料之外的不幸降临时，他无法接受，捶胸顿足。可是，他无法回头。在众多的文学作品中，也有这样的例子。老舍《骆驼祥子》中的人力车夫祥子经不住挫折，他消沉堕落，失去尊严，失去希望。如果说，他先前的选择不由自主，这可以理解，那么，他最后的选择却是不自觉的。余华《兄弟》中的宋钢在金钱的诱惑下失去了理智，任人摆布，最后落了个可悲下场。其实，他们都是在人生的重大选择上没有运用理智和智慧去思考。

在祥子的世界里，生存是最大的希望，除此之外，他无暇顾及。在那个动荡的社会里，底层劳动人民面临选择时往往无能为力。可是，如果要批判的话，是否可以说，他们缺乏选择的自觉意

北岸的人生

识。在巴金的《家》中，觉慧选择了离家出走，他是主动选择的一个范例。不过，觉慧是受过新式教育的青年，他比祥子有文化。在人生重大选择面前，他对事情的看法比祥子有深度。因此，觉慧因文化而觉醒，祥子因蒙昧而堕落。余华笔下的宋钢在金钱的诱惑下失去了正常的人性，而王安忆笔下的知青阿信在失意时仍然追求事业。宋钢在处理人生问题时，看不清方向，迷信盲从。而阿信具有人生理想，他没有放任自己，也没有失去尊严。阿信是知青，他一面读书，一面接受社会教育，在集体生活中获得成长。从某种意义上说，他因文化而觉醒。因此，文化在人生选择中具有重要意义。

在这个世界上，有许多苦痛的心灵。也许，他们像文学家笔下的悲剧人物一样，不能正确选择自己的人生，所以悲苦。其实，人们可以用文化来拯救自己。生命个体具有局限性，当人们困在自己的小天地里时，看不到外面的世界，进而就会把自己看到的世界当成整个世界。人们只有通过读书才可以打开一扇窗户，进而了解世界，并和伟大的心灵沟通，获得新的视角、新的思维方式，进而获得开阔的视野和胸怀，从而丰富进行人生选择所需要的思想资源，使自己觉醒。当人生因文化而觉醒的时候，人们会看见世界以崭新的面目出现在自己面前。

当生命因文化而幸福

生命因思想的深度而沉重，也许是因为它多了一种深刻的批判意识或凝重的对人生意义的思考。与此同时，生命却又因为不同程度的自我实现而充实，原因之一就是文化的情感和力量令人愉悦。

北京大学的那位学者在图书馆工作数周后突然离世，生命陨落如此迅速，令人感叹生命脆弱。也许，他渴望用强大的文化力量来武装自己的思想，却因太专注而心力交瘁，再也来不及完成剩下的工作，更不能实现自己的宏愿。如果用悲苦来形容他的人生，那么这种悲苦已经达到极致。是否只剩下"美"的形式，而没有"幸福"的内容？

哈佛大学法学院教授珍妮·苏克上课的时候，她会带上一杯奶茶，每当完成了既定的任务，她就会犒劳自己，甚至送给自己一束鲜花。她的生活丰富多彩。无论怎样，她没有忘记生活应该是快乐的，并以此为信条。因此，她的生命状态充满生机。她在一种和文化紧密相连的生活中，善待自己，不断储存生命能量。为了用强大的文化力量武装自己，她选择了细水长流的思想策略，因此生命不再具有悲苦的色彩，而多了幸福的体验。

人生可以因文化而悲苦，人生也可以因文化而幸福。如今，知识分子在时代潮流中面对物质追求，有些文人感到困惑。面对轿车、别墅、时装，有些文人望洋兴叹，于是慨叹自己的选择。其实，幸福可以以轿车、别墅、时装来衡量，拥有它们，生活质量可以提高，人们会感到幸福。同时，幸福也可以以精神富有程度来衡量，拥有强大的自信，富于人生的希望，灵魂纯净安逸，拥有自己的一份文化事业，这些也可以使人们感到幸福。人们还可以选择在文化事业方面创业，那么，他们也会获得物质富有。这样，他们的人生就会因为文化而更幸福。如果人们没有选择在文化事业上创业，他们选择了一份文化事业的工作，他们在书房中读书创作，在阳台上养花种草，为书架上又增添了几本自己的新书而欣慰。周末的时候，约上几个好友小聚。如果条件允许，假期去踏访名山大川。这样的生活也是丰富多彩的。因此，也可以说，他们的生活因文化而幸福。

文化的意义不在于使生命悲苦。也许，思想的深度会带来远见与卓识，但是，它不以忘却幸福的追求为代价。与此同时，文化带给人们自信、力量和信仰，而这些才是幸福的条件，因此，生命可以因文化而幸福。

后 记

　　在长江北岸乡村教学的日子里，我的心灵通过写作获得了力量。这些文字于21世纪初至今写成。以2012年为分界线，前期我处于"迷茫的追求"阶段，后期我处于"艰难的拯救"阶段。因生活环境的改变和心境的变迁，我在前期和后期，思想状况有很大差别，两个部分共同构成了长江北岸乡村生活的局部写照。当然，主要是以心灵的轨迹贯穿其间。这主要是为了实现自己用心灵观照文字，用文字反映生活的意愿。

　　写作期间，我常常走访一些江南城市和国内大都市，感受它们非凡的文化氛围，因此得以将长江北岸乡村和它们对照，认识到长江北岸乡村文化与江南城市和国内大都市文化的落差，体会到文化环境对人的生存状态的影响。

　　这是我在长江北岸乡村生活的一个总结，今后的生活还会发生变化。现在，我正在工作、读书、写作和游历，在大自然的优雅风度和城市的文明场景中感受世界。这种局面十年前无法想象，我坚信，只要持续努力，十年后的生存状况也是今天无法想象的。

　　在忙碌中，我完成了书稿的整理工作。我要感谢生活在我的家乡长江北岸乡村的人们，因为他们与我的共同生活和交流，我获得

北岸的人生

了不算典雅却也平凡充实的人文环境；我要感谢生命中给我带来痛苦的人们，因为他们，我才能认识人生的真相和世界的真实面目，并不断地反省自己；我还要感谢命运，因为它不会让一个人走上绝路，它在堵住了人生的一条通道时，会打开另一条通道。

一个只会爱着自己的人是没有希望的。我希望自己能深深地爱着亲人和朋友，能深深地爱着天真可爱、渴望知识的孩子们，能深深地爱着在家乡辛勤耕耘的父老乡亲，而不会仅仅热爱着那优雅静谧的大自然和令人目眩神迷的繁华城市。因为离开了，我得以重新观照；因为亲身经历着，我才刻骨铭心；因为有爱和希望，我的心里常常蓄满泪水……

刘建军

二〇一六年六月十六日

后记